聽説前路風很大

亦舒

上班的日子總一樣。

也不能說百年不變，去年公司裁員，坐三十人的辦公室裁剩田蜜一人，真有點可怕，她仍然埋頭做她應做那一部份工作，但氣氛如此悲涼，叫她忐忑不已，忽然變回年幼無助日子，同母親訴苦：「一個人自言自語苦幹」，「那隻狗呢？」母親也聽說辦公室有隻狗，由各同事一起照顧，叫緊張工作情緒鬆弛不少。「狗狗也走啦」，「怎麼會，不是公司養的嗎？」，「不，由一個同事帶來，他一走，狗狗也走」，「天」，「不知幾時炒到我，我們全部都是合約員工，合約屆滿，毋須補償不用預早通知」。

可惡的資本家，越來越刁鑽，一紙合約，簽不簽由你，據說現時不少公司都採用合約制度，無醫保、不設退休金、亦無產假……這是一家動畫後期設計公司，全無基本員工，接到工作，多請幾個人，遇着淡季，即刻裁員。

田蜜在公司三年，要裁起來，也得捲鋪蓋。

可恨上頭有一點不捨得她勞苦功高，孜孜不倦，逐兩個星期留她，叫她生氣。

「嗟來之食！」

「莫有怕，老媽津貼你。」

「兩張 B.Sc 文憑副修視覺美術，工作三年還需家裏補貼，我真是天才。」

母親好脾氣，嘻嘻笑。

兩星期過後，上司又與她續約六個星期，像吊鹽水，苦不堪言。

可是，每個大城市都人浮於事，大批大批新鮮面孔自學堂出來，雄赳赳氣昂昂四處找生活，薪水遠離通脹，不知是否每名年輕人都有家長大筆補貼。

田蜜但願自己有勇氣說一句「我不幹啦，我自己走。」

但是畢業時風發意氣早就丟到天不吐，她此刻拿出華人著名的涵養與忍耐功夫，在心裏說聲「大勇若怯」，逐日若無其事捱着過。

直到收拾包裹前一日，上頭說：「阿蜜，續約六個月」，回到家，她才忍不住緩緩落淚。

一步入社會，便成為薪水奴隸，砧板上的肉，任人魚肉。

她握緊拳頭，這樣，要艱苦奮鬥到幾時！

可是，淡季過去，接到新合同，少半數同事回轉，那隻狗狗，也被帶返，大家一聲不提過去委屈，又悻悻然活過來，一起出去吃一大餐消恨，再沒事人一樣。

也不算年輕了，觸目驚心，流年暗度，田蜜已年近三十，緊貼着，只差一年，便到不願透露年齡時限。

不比從前，毫無芥蒂：「十八歲」、「廿二歲」、「廿五歲」。

同事們都比她小幾歲。

劫後，田蜜瘦掉十磅，並無升職，工作量明顯增加，薪水接着也獲得略為調整。

淒涼地鬆口氣。

田蜜開始明白，中年人的怨言從何而來。

這人生簡直是開玩笑嘛。

像她，兩歲半進學前班，六年小學六年中學六年大學，能幹的母親親自督導，那真是拿九十二、三分是要受責備的，十一個A畢業，原本打算送往劍橋讀文科，或是MIT讀科學，誰知田蜜忽然說什麼都不願。

母親痛心疾首：「畫漫畫！」

沒同女兒說話一整年。

結果，還不是因為利害關係，又恢復有限度交流。

那是因為田蜜要搬出去獨立生活。

怎麼獨立？

比英二王子哈利獨立生活還要可笑。

一生人，都茶來伸手飯來張口，不要說是衣食住行，根本連剪髮護膚修指甲都由家長安排，出去獨立，誰替她熨衣服、準備入滿油的小房車、理賬目申請醫保？

迄今田蜜洗牙都要老爸陪着去，不知為什麼，就是怕牙醫會謀害她。

田爸聽着她要搬出，即時在市區找一房公寓，一想，怕獨生女嫌小，又忙添一座兩房，作風像是新發財一樣，叫田媽嘆氣。

田蜜這才千不情萬不願搬入，再三警告：「未經預約，不可探訪。」

田媽丟下一句粵語：「激死老母搵山拜。」

日子過去，忍辱偷生，也活下來，人類生命力的確頑強。

一日，辦公室午餐時間大家討論生活小事。

「前些日子裁員，嚇死我，房租沒着落。」

「最理想是自己有單位，那就不用愁，至多每天啃麵包。」

「最慘是保羅，他剛添了寶寶。」

田蜜記得那嬰兒，保羅妻要面試，保羅把幼兒放籃子帶公司放辦公桌照應，田蜜張望過，十分漂亮可愛，不哭，大眼四周張望。

「保羅找到新工未？」

「不知，不敢聯絡，也不敢問。」

田蜜不出聲。

「要負擔每月房屋按揭談何容易，房價與公寓價已去到荒謬地步。」

「我們可能一輩子都不用想買房子了。」

「那即是說，不用結婚，也不用生子女。」

「嘩、嘩、嘩。」都做出哭泣之聲。

田蜜頸後寒毛豎起。

很難不承認自己愚魯，她到了該時該刻才明白她是何等幸運的低智兒。

父母已為她解決人生最大難題。

「唉，我的學費貸款尚未歸還，還要談房貸？」

田蜜雙手冰冷，忽然對父母添增不少尊敬，語氣，少了放肆。

老媽問她可需津貼，她婉轉地這樣以外交口吻說：「都會風氣均以金錢掛帥，手頭上有多餘現款，當然舒適得多。」

那個月，她戶口只剩三十六元。

此刻，約有一萬五千多元。

她曾問老爸：「怎樣會有積蓄付房貸？」

老父答得實在兼有趣：「你要賺得比花的多。」
不過，這些都是閒談。
要說的是：上班日子，沒新聞就是好新聞。
這一日，終於有了新聞。
是一通電話，接到公司總機，再傳到田蜜桌上。
田蜜納罕。
她在辦公時間不聽私人電話，父母也要等她下班。
這是她私人守則。
一拿起電話便聽到哈哈哈一個女子暢笑聲：「甜咪咪，表妹，你好，許久不見，我是你表姐郝日子，你沒有把我忘記吧。」
表姐郝日子。
特別的名字容易記住。
「好日子！」
「可不就是我。」

「什麼風，十多年沒見了。」

「說來慚愧，甜咪咪，我一直惦記你，我怎麼放得下與你共度的少年快樂時光。」

「你去了何處？」

「四處，說來話長，見面敘舊如何？」

「下班一起喝茶，你把電話號碼傳我手機。」

「文華，文華還在嗎？」

「文華當然永遠存在，五點半，大茶廳見。」

掛上電話，田蜜發獃。

郝表姐，與她一起讀中學的郝表姐，高她一年級保護她教她功課的熱情美麗郝表姐。

她帶她聽音樂會吃冰買漂亮裙子鮮色口紅……然後，簌一聲，不知發生什麼事，郝家一門三口失蹤，不見人影，一別十多年。

今日，郝日子忽然出現。

母親說：「好像是移民，住西雅圖，也沒告辭，說走就走，地址也不留，說搬定家再聯絡。」

大人沒什麼，少年恍然若失好一段日子。

「美國不易居，」老爸說：「人一我八，貴不可言。」

「郝家這些年彷彿有點神秘。」

「一表三千里，別管人家閒事，人家叫你吃飯，你速速結賬，你不要主動請客。」

「是，是，是。」

竟十多年。

毫無音訊，賀卡也沒有一張。

五點半，大茶室一成不變人山人海。

有一女子向田蜜招手。

田蜜擠上，「好日子！」

兩女緊緊擁抱，不願放手。

田蜜鼻端隱約嗅到一股汗息。

坐下，她細細看表姐。

表姐也觀察她，「一眼就認出：漂亮、神氣，我的好表妹甜咪咪。」

田蜜也笑。

「過來，叫表姨，這是我女兒郝消息。」

這是意外中大意外。

田蜜愕然。

表姐的女兒。

這麼大了。

約十二三歲少女，高鮡身段、澀美甜心臉、大眼、濃眉長睫，分明是個混血兒，她畢恭畢敬說：「咪表姨。」

「坐，坐。」

田蜜意外，有點拘束。

只聽得表姐說：「這次回來，找住所，找工作，帶着消息，還得找學校。」

田蜜不由得問：「從何處回來？」

「西雅圖呀。」

田蜜看看時間，她本可以說：喝完這杯茶我還有事，可是不知怎地，她聽見自己說：「我做東換一個地方吃滬菜。」

表姐如此介紹：「其實我與咪表姨不是遠親，我們兩人的母親也是表姐妹，安頓下來，當去拜訪。」

這是事實，但——

先吃飯再說。

「咪咪，你一絲沒變。」

「你也是，好日子。」

「但願如此。」

郝消息也是特殊名字。

姓郝，即隨母姓，婚姻狀況不妥。

田蜜沒多問。

到相熟滬菜館舒適坐下，表姐看菜單，叫了幾個大菜，其中有火瞳翅與龍蝦及鮑魚。

「好久沒吃上海菜。」她叫紅酒。

那混血少女默不作聲，嘴角含笑。

表姐笑聲特大，菜上，吃得很快很多。

田蜜給消息夾菜，她輕輕說謝。

都會人眼尖，一眼看去，便知道表姐經濟狀況欠佳，套裝仿香奈兒，明顯太窄，可能是二手貨，約是前兩年舊衣，胸前有漬子沒乾洗，她暢飲，多叫一瓶酒。

女兒低下頭。

混血兒多數略為豪爽，但不是這個消息。

她汪汪大眼有一絲落寞，像現場熱鬧與她無關。

表姐說着少年時趣事，如何與表妹合作拒絕絡繹不絕的男生……

消息越發沉默。

幸虧她也吃不少，正在發育時期呢。

田蜜說：「可是打算留下一段日子？」

「是呀，但酒店全滿，一時訂不到地方，咪，你家可有空間，酒店說明天有空房，只一夜。」

田蜜微笑，「沒問題。」

那少女頭更低。

田蜜這幾年在社會練得眉精眼企，自然覺得蹊蹺。

表姐連忙說：「高一那年，為替你代過，差點被開除，記得嗎，把瑪莉莎那招搖鬼推去泳池——」

「是，我們回去休息吧。」

「喂，夥計，打包一個肉絲炒年糕。」

少女幾乎到表姨耳朵高。

回到市區兩房公寓，表姐艷羨：「是父母為你置的吧，他們的世界就只有你。」

「郝舅舅與舅母呢。」

「離婚，各自再婚，又各自辭世。」

什麼。

「都近十年前的事了。」

「啊，好日子，我都不知道。」

「沒事沒事，我都已為人母，練出來了。」

「為什麼不知會我們？」

「我有點睏，洗個澡，你不介意借我睡衣褲吧，我行李還在飛機場。」

她自己動手先翻起來。

少女一直坐角落椅子上。

「消息，你——」

表姐說：「別理她，她不礙事，她像一隻貓，不理人，也不會打擾你。」

她進浴室關上門嘩啦嘩啦洗起來。

消息借飯桌一角用手提電腦寫功課。

她有一隻背包，所有家當都收在裏邊，鼓鼓的，有點襤褸。

在寫什麼。

田蜜走近瞄一下，呵，是「研讀巴拉巴斯，解答問題。」

田蜜微笑，這是一本十分麻煩的諾獎作品。

但——「你讀幾年級。」

「十一班。」

「噫，你跳級。」

「校長特准。」

「是西雅圖哪一家學校？」

就在這時，郝日子出浴室，一逕打呵欠，走進客房，掩上門睡覺。

消息說：「我也想淋浴。」

「快去，別客氣。」

田蜜順便讀消息的功課，有一題「史上尚有何人，有過巴拉巴斯的同樣幻覺」空着，她一時沒想到，田蜜技癢，在一張白紙上寫「聖女貞德」。

她放下提示，走過浴室，這一整天發生的事都叫她詫異，但是她此刻看到的情景更叫她突兀：她發覺小消息背住她蹲在那裏洗刷浴缸，白色瓷缸有一圈黑色污垢漬子，分明是她母親浸浴後不顧而去，消息替她收拾。

這麼髒，多久沒洗過浴？

田蜜靜靜回到房間。

這孩子太懂事，叫人心酸，而做母親的行為這麼粗陋，叫田蜜吃驚。

田蜜很快睡着。

她被房間雜聲吵醒，一時沒想起家裏有客人，睜開眼，看到郝表姐正在試穿她的衣服，「咪咪，我一早要出去面試，借我一套衣衫。」

已經把田蜜最好的套裝穿在身上，的確有點窄，但不介意，田蜜怔怔看住她。

臉上脂粉洗淨，她臉皮有點鬆弛。

田蜜忽然想起「一朝春盡紅顏老」這句話。

離別的這些年，她做了些什麼，為何如此窘迫？

「我還得往飛機場取行李——咪，可否幫我一個忙？」

田蜜忽然想起一事，在初中，同學趁小息愛聚集在校門後一個角落吸煙，一日，田蜜走過，高班同學把一枝點燃的煙遞上，田蜜一時逞強，伸手接過，剛想吸，忽然身後伸過一隻手，把香煙拍落，是郝日子，她怒目瞪着那個高班師姐，一手把田蜜拉走。

田蜜從此從未再嘗試吸煙，好臉色好皮膚得多謝這表姐。

表姐努力用田蜜的粉底厚厚擦上，眼角看着表妹，「算了，我不該開口，你已經對我們太好。」

「什麼事，你請說。」

「咪，我恐怕要忙整天，消息下課，還得回你家休息，可以嗎？」

「我接她。」

「咪，謝謝你照顧孤兒寡婦。」

「快別那麼說。」

表姐抹口紅，「這紫沙顏色多美，」轉頭問表妹，「好看嗎？」

田蜜點點頭。

表姐又說：「借幾張零鈔。」

一連串動作如行雲流水，已經打開田蜜放案頭的皮夾子，抽出兩張鈔票，想一想，再多拿幾張，訕訕地，「立刻還，立刻還。」

選一雙田蜜的新鞋，「我傍晚即返。」

「祝你成功。」

她哈哈笑着，啪啪啪踏着新鞋，開門離去。

才八點鐘，去什麼地方，這麼早。

轉身看到小消息蜷縮在沙發上。

她竟沒有與母親同睡客房。

「醒了？吃早餐，上學。」

「不用，表姨。」

「不可不吃早餐，我來做，班戟還是煙肉蛋？」

她把煙肉蛋放桌上，消息已換上校服。

校服有點髒，真不明白為何學校定選白色布料做制服，非得天天洗熨才整齊，今日放學，一定要記得幫消息洗一洗。

一雙黑皮鞋也穿毛了頭，襪子橡筋鬆掉往下掉，她母親真疏忽。

「表姨，謝謝你幫我解答功課難題。」

「不客氣，你知聖女貞德的故事吧。」

消息點頭，「她也誤會上帝向她顯靈。」

她出門去。

田蜜心中疑團實在太多。

鐘點女工來上班，看到一大堆換下衣服，「怎麼一回事，見工時說好是一個人。」

這女傭有一個厲害的綽號，田蜜叫她雷震子。

「啊，是客人，我會付你津貼。」

「什麼大模斯樣的客人，田小姐，不是我多嘴，你涉世未深，俗語說：

請客容易送客難。」

瞧，所以叫她雷震子。

「晚上煮幾個人的飯？」

「炒一碟青菜，做個雞湯。」

田蜜出門上班。

心中疑點實在太多，郝日子說，她們母女剛抵本市，要找地方住，也得找學校，但是，消息已經上學，到底什麼是真，什麼是假，為何要對田蜜信口開河？

同事雙面子與金嗓子推門進來，「阿頭，為何緊繃面孔，有何難題？」

雙面子，即兩面人，這油滑傢伙，對上一副面孔，對下又是另外一副肚腸，不小心，會誤會他是單純好人。

金嗓子呢，好歌喉，專門唱人，「唱」在這裏不是好字，指愛說是非。

田蜜問：「花裙子呢，有事煩她。」

花裙子應聲而到。

田蜜請她代買一些少女便服，「小碼。」

「凡是中碼少女都愛穿小碼。」

「不，她不一樣。」

「她是什麼人？」

「一個親戚，這是她的鞋印，同碼跑鞋與半打襪子，還有內衣褲。」

「噫，她光着身子上你家。」

金嗓子白她一眼，「別多嘴，阿頭叫你做便去做。」

花裙子唯唯諾諾退下。

那日，大家在電腦熒幕前照常做到幾乎老花。

金嗓子說：「上一個世紀，女工做假髮，三年後視力報銷。」

「再上個世紀，繡女雙眼也同樣吃苦。」

雙面子說：「算了，以下只用電筆描一描，不用上色。」

每到中午，她們都用特效眼膜敷眼十分鐘保養。

田蜜把昨日拍攝照片給花裙子看，「是她。」

大家一齊讚嘆：「嘩——美少女，惹人喜愛。」

下班，田蜜提着大包小包回家，小消息已經放學。

田蜜做茶點。

「你母親也快回家，希望她一切順利。」

消息不出聲。

天色暗下，辦公室應該早已下班，郝日子仍不見人影。

田蜜不由得擔心，她用電話找表姐。

——「閣下電話未能接通——」

噫，不會不認得路吧，這城市的面貌十年不知改變多少。

花裙子來電：「衣服合穿否？」

「好得不得了，再謝。」

只見消息靜靜做功課。

田蜜叫她試鞋子。

「表姨，你不必對我這麼好。」

「胡說。」

吃晚飯時，郝日子尚未回來。

這人，一大把年紀，應當知道她在做什麼吧。

那晚，消息做微積分到深夜。

田蜜幫手，「這裏，這裏，舊時我有套例題軟件，我去找一找，定可幫到你。」

一找，果然在。

消息佩服，「表姨，你什麼都會。」

「是呀，我是過來人，某天，當我年輕的時候，我都捱過這些功課。」

消息忽然笑，色相如一朵春曉初開花蕾，「辛苦嗎？」

「應該苦不堪言，但是年輕，捱得過去。」

「表姨，你真有趣。」

「消息，早點睡，明日上學。」

田蜜等表姐，趁機把消息的校服洗兩次，烘乾，再用蒸氣熨斗。

忽然身後有人環抱她。

是消息，她默默流淚。

「喂，喂，快去睡。」

表姐那晚，沒有回來。

第二早，消息去上學，沒有問起母親，像是毫不關心樣子，叫田蜜驚疑不定。

她找到老媽，「向母親大人請安。」

「借貸免問。」

「母親，可記得我們一個表親郝表舅？」

「什麼，沒聽說過有姓郝的。」

「他有一個女兒，叫郝日子，記得嗎，是我初中同學。」

「郝日子，有這樣怪名字。」

「不會比田蜜蜜更好笑。」

「不記得啦，他們不是有來往的親戚，我的記性，一天不如一天。」

「他們早十年移民西雅圖。」

「可是如今回來認親認戚？田蜜，你要當心，外頭騙子多得很。」

「沒事。」她又搭訕幾句，才放下電話。

郝日子不是假冒。

她記得這個表姐，曾經一度，她倆無話不說。

郝日子曾帶田蜜去泳池男更衣室偷窺風光。

的確是她好表姐。

第二、第三天，郝日子也沒回來。

田蜜越來越焦急。

她考慮報警。

「消息，你可知她去了何處？」

消息搖頭。

「這城市有許多暗湧，我怕危險，一定要把她找到，凡事有商量，消息，你不要瞞我，我是真正關心你們。」

「我知道表姨，我真不知道她身在何處。」

田蜜一頭汗，「你好像很鎮定，這種事，以前發生過嗎？」

「表姨，真對不起你。」

田蜜深深嘆口氣，「責不在你，她可有與你聯絡？」

「沒有。」

田蜜怔怔站起，「今晚吃雞湯麵。」

她把雞腿夾到消息碗裏。

消息雙眼與鼻子都發紅，表姨對她真體貼，她不知道，一般成年人，對孩子都特別優待，她母親例外。

田蜜找同事商量：「有如此這般一件事……」

一男兩女同事聽得目瞪口呆，雙面子張大嘴巴合不攏。

金嗓子終於說：「這事有法律問題，阿頭，你窩藏未成年少女，這事可大可小，她若有一兩句黑白講，你吃不消兜着走。」

「把道德子叫進，他副修法律，可給予忠告。」

「道德子不屬我組。」
「不怕，他守口如瓶。」
道德子進來，「可是請吃火瞳翅。」
「早已停吃魚翅，你太不道德。」
他知道事情之後，眼睛瞪得比嘴巴大。
「喂喂喂，五個臭皮匠，應該有些主意吧。」
道德子這樣說：「這需要警方處理。」
金嗓子點頭。
花裙子說：「你們沒想到，少女未成年，警方一定把她帶走交社會福利保護婦孺組轉交寄養家庭。」
「哎呀，不能去寄養所。」
田蜜戰慄，好一個郝日子，她看準表妹不忍心，她蹬足。
「這是隻白眼狼，一上門已經盤算好全盤計劃。」
「引狼入室。」

「誰會想到有人把妙齡少女丟在別人家，多麼危險！」

田蜜攤手，「怎麼辦？」

道德子說：「家母是正式兒童法律專家，我回去問個詳細，你們稍安毋躁。」

「太可憐了。」

田蜜輕輕說：「我頭皮發麻，為什麼，才洗過頭呀。」

雙面子一步步退出，「我不懂這些，不關我事。」

「沒義氣。」

這時，有電話進來找田小姐。

唷，希望是郝日子有消息。

——「我們是德齡中學訓導處，請問郝消息同學是你的親人嗎，請速來校一趟。」

逍遙子田蜜這才知道啥子叫晴天霹靂。

「什麼事。」

「郝同學與同學打架，面部受傷流血，校務處需要解釋。」

「馬上到，把地址傳給我。」

田蜜搶出門。

她向計程車司機説：「德齡中學，知道否，快車。」

「是本市名校，明白。」

車子飛快趕到校門，田蜜匆匆入內。

員工説：「我帶你到校務處。」

一眼看到消息坐在長櫈上，她原本不知道該怎麼做，但忽然之間，本能叫她坐近消息身邊，一聲不發，緊緊摟住她肩膀。

消息鼻樑帶血漬，敷着黏貼膠布，受傷不輕。

校務主任親自迎出，「請進辦公室説話。」

田蜜緊緊握住消息的手。

「請問，你是郝同學什麼人。」

「阿姨。」

「郝同學平時斯文安靜，今日，忽然在操場與同學打架，那同學手臂脫臼，已回家休息。」

田蜜點頭。

「這是操場錄影片段，幸虧裝置有錄影器，否則，郝同學會被開除。」播放片段中只見消息獨自走向操場，被兩個女同學攔住，其中一名指着她取笑，扭曲五官，分明故意惡形惡狀挑釁，消息讓開，同學不放過，伸手推開，這時，消息忍無可忍，揮出一拳，兩人倒地，互相廝打。

「旁觀同學說：的確不是郝同學先動手。」

田蜜握緊拳頭，鎮定地說：「那個女生對我外甥說些什麼。」

「田小姐，那就不必計較了。」

「不，我一定要計較。」

「她侮辱到郝同學的母親，我們已記她小過，同時郝同學也一樣記過。」

「這叫公平？德齡中學如此教學生？」

「田小姐，你可考慮退學。」

這時消息拉一拉阿姨衣袖。

田蜜到底是出來做事的人，深呼吸一下，「我們去醫務所。」

「校醫已看過傷勢，無大礙，田小姐，我還有話說，郝同學，你回課室繼續上課。」

消息出去。

「什麼事？」

「田小姐，郝同學功課異常出色，下月校際有兩個比賽決定由她出席，我們珍惜這名學生，希望你保證打架事件不再重複。」

「有人惡意出聲侮辱令尊，你忍得住嗎。」

教務主任嘆息。

「我將盡量忍耐。」

「田小姐，郝同學自從入學以來，一共欠三個月學費。」

田蜜一怔，「馬上付清。」她掏出支票簿。

她再多付一個月，又另寫一張萬元支票，「捐助校方增設天眼。」

「謝謝。」

田蜜有問題：「你是指，郝消息三個月前已經入學？」

「是，她母親要求插班，並且攜帶美國西雅圖公校十一年級各種成績表，德齡中學一向愛才，破例取錄。」

「主任，她母親外遊，你有事與我聯絡。」

「希望不用再次見面。」

「明白。」

「三點半放學，你可以接她回家。」

「明白。」

田蜜在走廊等消息下課。

這是一間有歷史有資格的女校，郝日子也算出過力，把女兒送進這裏。

假使能順利讀到畢業，考個獎學金不成問題，但，目前怎麼想得到那麼遠。

看樣子，這母女倆根本過一日算一日。

郝日子對田蜜説的話，沒一句真實，信口開河，去到哪裏是哪裏。到如今還不知去向。

下課鈴響起，田蜜在課室門接到消息。

消息這時忍不住，落下眼淚，到底還是孩子。

「肚子餓，我們去吃法國菜。」

田蜜叫了龍蝦湯，容易入口。

「以後有什麼事，盡快知會我，一定可以解決。」

消息很有趣，一邊流淚一邊喝湯，餐廳領班吃驚：「小姐，不好吃嗎，什麼問題？」

「沒事沒事。」

「阿姨，我有話説，你對我那麼好，我不想再騙你。」

田蜜沉聲：「告訴我，你媽在何處。」

「我真不知道她去了何處，但我知道她一時不會回轉。」

「什麼？」

「她常常這麼做：把我丟在一個地方，然後音訊全無，最久，三個星期才出現，一聲對不起，把我領走，又再到下一次。」

什麼。

田蜜額角冒汗。

「阿姨，你是這次的最後一家，她拍過三次門，別的朋友只請我們吃一餐，然後說後會有期，你是唯一收留我們過夜的人，你上當了。」

田蜜聽得渾身起雞皮疙瘩，有這種事！

「阿姨，她一時不會回來，你不用替她擔心，不用每小時撥電話，她要出現，會自動現身。」

「這——這——你們平時住什麼地方，總得有個住址吧。」

「有錢的時候住小旅館，沒錢的話，住在一輛破車裏。」

田蜜說不出話。

「東區有家廢車廠，停滿爛車，每輛車都有住客。」

田蜜霍一聲站起，又坐下。

忽覺臉上濡濕，以為是汗，一摸，卻是眼淚，原來她已淚流滿面。

「阿姨，你如此善待我，我再瞞你，太沒良心。」

田蜜雙手簌簌發抖。

這些人間慘事，只有在新聞特輯中才看到，沒想到活生生在她面前發生。

這時，餐廳領班走近，非常擔心，「小姐，菜有問題嗎？」

「不，不。」她付大額小費。

走到門口，田蜜讓消息先回家，「我公司還有事，稍後與你會合。」

她回到公司討救兵。

一進辦公室便聽見雙面子在發脾氣大聲罵人：「此處不留爺，自有留爺處，我不幹了！」

田蜜心中更氣，走到他身邊，「你，愛留不留，上工辭工，天下最平常事件，何用劍拔弩張，朗誦前後出師表，丟人！現眼！」

雙面子見是田蜜，「我這就遞辭呈。」

「先叫金嗓子，兩人一起到我家開會。」

「你也打算走路？」

「快。」

道德子說：「我也一起行動。」

「花裙子你留守崗位，有事通報。」

在車中，田蜜把剛才的事說一遍。

金嗓子憤慨莫名：「這是雨果《悲慘世界》裏的情節，上一世紀二十年代，如今太平世代先進社會，還有這種慘劇，政客是如何打理這個城市？」

雙面子忽然忘卻他自身煩惱，「少女，少女可有身份證明文件？」

到了家，田蜜要求消息出示文件，她這樣說：「這幾個，都是阿姨我肝膽相照的好友，你可以信任他們，你並非是必要出示文件，我們不是裁判員，不會置評你母親行為，我們只希望幫助你，安排你今後生活。」

消息不發一言，走入房間，出來時胸前緊抱一隻破舊背包，自裏面取出一隻冰凍食物用塑膠袋，交給田蜜。

田蜜拆開膠袋，看到一本美利堅合眾國護照，先放下一半心。

雙面子小心打開，仔細翻閱，「是真本。」
大家只見名冊上寫着安娜基輔這個名字。
混血兒真實身份大白。
道德子說：「基輔，你是東歐裔，可是烏克蘭人？」
消息這時已經擦乾眼淚：「我不知道。」
金嗓子說：「她在美國出生，故此擁有美籍，但這美籍並非永久持有，她需在十八歲之後，在當地找到工作，才能申請永久戶籍，這並非簡單之事。」
消息說：「我不知道。」
「你還是孩子，當然不知詳情。」
這時雙面子大聲問：「雷震子，可有茶點？」
消息每次聽到雷震子這三字便微笑。
「來了來了，各位留下晚飯嗎。」
「留，留。」

雙面子自膠袋找到出生證明文件。

文件中母親資料：奧達基輔，父親一欄空白。

金嗓子驀然抬頭：「你母親並非我們阿頭的表姐。」

她感應真快，田蜜自嘆弗如。

大家忽然靜下。

帶着消息跑天下的郝日子並非她生母。

啊，郝日子也算夠義氣了。

她們霎時間對郝日子改觀，她不是一個壞母親，她是一個大好人。

「這個奧達在什麼地方？」

消息的聲音悲哀得不像孩子，「我不知道，我從未見過她。」

「是我表姐一直帶着你？」

「是，從我諳事，一直到今天，我倆並肩作戰，有粥吃粥，有飯吃飯，她說『我是你媽媽，你凡事聽我』。」

「為什麼叫媽媽。」

「我不知道，我非常感激，在十分艱苦日子，我們也去過兒童院，看到那處生活方式，媽媽一聲不響再把我帶走。」

雙面子實在忍不住，「莫説爺們不流淚，只是未到傷心處！」他抹一抹眼角，「雷震子，我晚餐要吃雞鮑翅！」

雷震子也揚聲，「只得粉絲蝦米湯。」

「罷了罷了，世事古難全。」

道德子忽然問：「你母親，何以為生，她做何種職業？」

消息輕輕地、勇敢地答：「她在私人場所表演歌舞。」

室內空氣足足冷卻十度。

「幾年前她在導遊公司搭單給他們抽佣，生意還算不錯，近日漸漸沒人叫她到會。」

幸虧雷震子解圍：「妹妹，快來廚房幫我忙。」把消息拉開。

小客廳充滿了長嗟短嘆嗚呼噫唏之聲。

「竟有這種事。」

「我要去市政廳投訴。」

「我等吃飽飯實在太離地天真，這種事就在眼底——」

「噓噓，別讓少女聽到，她需要助力，不是要憐憫。」

道德子搓手，「這件事有很大的法律問題。」

「是一個人呢，丟來丟去怎麼辦。」

「終究會丟到街上。」

金嗓子說：「忽然之間，我疲倦到極點。」

她索性躺到地上，雙面子也跟着她那麼做。

田蜜用手托頭，呆坐。

社會竟如此殘酷無情冰冷。

幸運的她若非活生生看到實例，還以為是遙遠不相干的事。

這時，田蜜的母親找她。

「媽媽，」田蜜幾乎哽咽。

「女，你問我那個親戚的事，我思量過了，彷彿是有那麼一家人，相隔多年，記憶淡薄，他家好似有一個年紀與你相仿的女兒，那時家中時有親戚探訪，不久，發覺家中有零星物件失蹤，我家是布衣，沒有什麼值錢之物，但傭人十分不滿，她們是首等嫌疑犯，終於，我放梳妝枱一串珠鏈不見，過不多久，看到有人頸上戴着同樣珠子……還有，女傭抱怨，有人偷偷在我家浴缸洗滌，洗後缸邊一圈污垢，非常討厭，你明白嗎。」

「知道。」

「後來，這家親戚移民美國，高高興興辭行：『我們回美國了』，是，『回』，不是『去』，後來大抵是生意失敗……」

「母親忽然想起這許多。」

「不說了，到底是別人家的事，有空多回家。」

田蜜放下電話。

雷震子自廚房叫出：「吃飯啦，相幫擺碗筷。」

雙面子這時說：「我認識一個人，或許可以幫到忙。」

「是哪個律師？」

「不，不，他不是律師，他是家父的一個朋友，見多識廣，可提供意見，他從前是個私家偵探。」

金嗓子猶疑，「這是垃圾人物。」

「阿金，你別受現代人凡事講學歷文憑的狹窄思想拘泥。」

「他有文憑，他是本市大學哲學博士，又是彈道學學士，更是心理學專家。」

「如此博學多才。」

「專解疑難雜症，他姓郭，家父叫他小郭，我叫郭伯。」

「唷，收費不低吧。」

「他幫富豪查三姨太是否有情人收費昂貴，但幫紅十字會尋人只收一元。」

「江湖老大，長相可怕嗎，是否滿臂紋身鑲着金牙。」

「你見到他便知道，這是他地址。」

金嗓子說：「我對這一類人存疑。」

「阿金，畫家不一定個個長得像狄古寧，詩人不一定似拜倫。」

「我不去。」

這時消息擺開碗筷。

她總是最後舉筷的一個，這種禮貌，不是文憑可以提供。

他們默默吃麵，吃飽了，世界不一樣。

消息幫着洗碗，田蜜多謝諸位慷慨提供時間，送客。

雷震子終於收工，田蜜說：「明日上午你補假。」

然後對消息說：「快，睡覺，明朝得代表學校參加辯論會。」

消息一聲不響回客房。

真像一隻貓，好幾次，田蜜要在小小公寓中尋找她出來說話：是躲床底下嗎，在廚房角落抑或洗衣房儲物室？

不過一個星期，各人都幾乎肯定郝日子是不會在短期內出現了，田蜜每晚用電話問候：「表姐，我對你們母女已有了解，不再生氣，無論如何，大家需靜心坐下商議，請予聯絡。」

啊對，消息代表學校，英語辯論「自由何價」獲得冠軍，獎章由校方代管。

田蜜大模斯樣教誨消息：「我們一生的業績，決非以獲獎或名氣為主。」

當然是這樣正氣凜然教孩子，田蜜竊笑，不為名利，為什麼苦幹？

她終於致電小郭伯，約時間面談，當他是心理醫生也罷。

私家偵探社在活化舊區一家工廠大廈，附近有畫廊與美術工作室，環境不錯，田蜜略為放心。

打開木門，有一中年男子說：「歡迎請進」，一照面，主與客都一怔。

客人是漂亮年輕女子，她有煩惱？要查探何人何事？

田蜜看到的是精神奕奕，穿着整齊清爽的中年男子，並無一絲江湖味，更不像阿伯。

「小郭先生你好。」

「是田小姐，請坐。」

郭先生原本準備了好茶，一看客人容貌，噫，喝可樂差不多。

一室中式家具，田蜜雖懂得不多，但也知是美麗的明式桌椅。

小郭先生很坦誠：「田小姐，長話短說。」

田蜜一五一十把故事講出，足足講了十五分鐘。

小郭先生並不插嘴，只嗯嗯作聲。

田蜜越說越心酸，忍不住落淚，講完，出示照片、身份證明等文件。

小郭先生請田蜜喝茶。

黃花梨椅子好看不好坐，田蜜有點腰痠。

小郭先生默默看一會照片，這樣說：「都是美女啊。」

田蜜看着那雙炯炯有神、洞悉世情的雙目。

「田小姐，聽你說來，這名女孩，同你毫無關係，你收留她近月，實屬難得。」

一語便刺中要害。

「你是說，叫我通知警方。」

「這是至明智做法。」

「隨她落入社會福利署制度，他們那雙手，充滿破綻。」

「但，她不是你的責任。」

「小郭先生，地球暖化亦非我們責任、非洲飢童也非我們責任、鄰居着火也不是我們責任……」

「田小姐且勿生氣。」

田蜜靜下，「對不起。」

「田小姐，你要找的是郝日子女士。」

「不錯。」

「據你所說，郝女士自身難保，況且，也已經查明白，她並非少女生母，即使她現身，又怎樣呢，你想她怎樣？」

田蜜呆住。

「毫無疑問，你們都是好心人，把少女像一隻貓般養至今日，最難得是少女居然並無荒廢學業，確屬奇蹟，但，這也許是放手之時了。」

「不，一定要找到郝日子，罵她一頓。」

小郭先生笑。

「請見義勇為，當我們明燈。」

「田小姐，你們非法圈養少女，麻煩無窮。」

田蜜不出聲，知道那是事實。

「無人知她生母下落，可能已返回烏克蘭，可能已不在人世。」

田蜜嗒然。

小郭先生忽然這樣說：「田小姐什麼年紀，可有男伴？」

「什麼？」

小郭微笑，「我有一世侄，一直在找像你這麼愚魯、同情心過度豐富、樣子漂亮、有專業學歷的可愛女生。」

什麼？

小郭先生自顧自說下去，「這世侄一表人才，內心善良，他打理一家中菜館，頗有身家，隨時可以結婚，這是他的名片。」

小郭先生兼職媒婆。

來錯了，田蜜站起。

「田小姐，我會接下你這單案子，一星期後回轉聽取消息。」

啊，「費用——」

「暫時不收，還有，田小姐做動漫工作？」

田蜜點頭。

「這是一門比大國情報處還守秘的職業，工作人員需簽下保密文件。」

「是呀，我們三百個晚上苦思所得的設想概念，一洩露出街，一夜之間便被抄襲。」

小郭先生送客。

他不忘把世侄名片塞到田蜜手中。

田蜜看一看名片：「小小菜館，經理：王謹言。」噫，店名與人名均不錯，做人，最要緊謹言、慎行、三思。

回到公司，金嗓子問：「那術士說什麼？」

「說我愚魯，同情心太豐富。」
「講得不錯。」
「去你的。」
「答應幫忙否。」
「叫我們一星期後聽消息。」
「那麼自負，茫茫人海，何處尋人？」
「他有他的辦法，我們做我們的工作。」
「這人相貌如何，可是鑲金牙、獨眼、頸上長瘤，只得一條手臂？」
「是否臉色焦黃，木無表情，像武俠小說中的打遍天下無敵手金面佛或獨孤某某。」
「但是，他說話彷彿有點道理。」
「阿金，我們生活圈子實在太窄，見識甚淺，對社會孤陋寡聞，我們住象牙塔裏，自尊自大，地上一條小蟲把我們嚇半死，如此活到三十歲——」
「二十九。」

「你不覺慚愧？」

「依你說，明朝跟伊朗墨斯克到火星增廣見聞。」

「不必去那麼遠，但是消息，這個來自不同階層的女孩，已經叫我們瞠目結舌。」

「咪，可有必要帶她去醫務檢查。」

「明天下午。」

花裙子走近，「我陪你，我的阿姨是醫生，如果發現不尋常傷痕……」

幾位同事家裏有的是王親國戚。

消息嚅嚅說：「我沒有頭蝨。」

「我們去注射感冒針藥。」

醫生還有檢查了頭髮、牙齒、口腔，聽過胸肺，仔細查看皮膚，以及下體。

田蜜一直陪在身邊。

醫生說：「有蛀牙，小洞不補，大洞叫苦，腿上有蚊咬疤，以後露營要準備蚊香，手臂有炙傷痕跡，做化學實驗的意外吧，當心為上，健康狀況不錯，但三百度近視得戴眼鏡呀，嫌不好看？先戴着日後再做激光。」

醫生都往好處想。

還有趣味性小發現，消息右足多出一隻小尾指。

「將來如覺礙事可以做手術。」

消息垂頭，她是個千瘡百孔的孩子。

「沒事，眼見手看功夫耳，有點貧血，到藥房置瓶多種維他命，還有，兩位大姐也得注意營養，別一味節食，抽血留小便可以走了。」

護士送到門口，跟金嗓子悄悄說話。

阿金點頭。

「說什麼。」

「替她備外用衞生棉，衞生紙不適合。」

田蜜打一個突，太疏忽了，帶女孩比男孩更複雜。

一個下午，女士們便辦妥所有事。

「謝謝阿姨們。」深深鞠躬。

金嗓子說：「她們是阿姨，我是姐姐。」

過兩日醫學報告出來，完全無事，田蜜才安心。

那郝日子，仍然沒有音訊。

她也太放心了。

田蜜對消息說：「我不是套你說秘密，你喜歡說，可以透露，如不，沒關係，你最早的記憶，去到什麼地方？」

消息懊惱，「我不記得。」

「你在西雅圖讀小學，可有印象。」

「很漂亮城市，人也友善，我住在舊車裏，同學不介意，敲敲車門：『郝太太，消息可以出來玩嗎』。」

田蜜失笑，如此可愛，倒也難得。

「食物呢。」

「到超市後門找過期食品，有些還很新鮮，後來媽媽找到一間食堂，由大廚用街市剩餘食物烹飪，相當美味，不過限十六歲以下兒童。」

「你媽怎麼辦？」

「她喝酒。」

「身體不大好吧。」

「是的，我很擔心。」

「她外出工作，你一人在家？」

「是，一段時期，她與一個外國太太合住一間房。」

啊，問到關鍵上了，田蜜若無其事輕輕說：「外國太太？」

「金棕頭髮，很漂亮，極瘦，常咳嗽，她與媽媽在同一場子工作。」

「後來呢？」

「外國太太不大會說英語，後來，不見了，母親帶我搬到另一個地方，上班時把我鎖房內。」

「外國太太以後可有再出現？」

「沒有，再也沒見她，那時我三四歲。」

如此，也拉扯大了。

「媽媽對你可好？」

「好，有時也罵我，打兩下。」

「身上炙傷疤痕何處而來？」

「不記得了。」

「若你母親回轉，可願跟她走？」

「她是我媽媽。」

田蜜把消息叫近，擁抱她，兩人動也不動，很久很久。

雷震子進房說：「學校打電話來：校服裙太短，要做新的。」

帶大一個孩子，若要略為周到，那財力物力精力，非同小可。

真希望青春期鬧情緒的孩子不要再說雙親不了解我類此忤逆話。

雷震子勸說：「孩子，別擔心，吃飯做功課，倦了睡覺。」

田蜜笑：「本來就如此。」

「還有，田太太向我打聽，家裏可有適齡男子探訪……『大齡女啦』。」

「我吃自己，不用她多事。」

消息倒是笑出聲。

回到公司，上司叫她：「過來一下。」

打出一套片子，「你看出有什麼不妥？」

「是丙組做的吧，他們老有這個毛病：人物嘴型往往慢了十分一秒，行內人看得出來。」

「你組擔責重做吧。」

「我要求加薪。」

「請趕夜工。」

「我把鋪蓋搬到辦公室，還有，那隻狗需留下陪我，三天起貨。」

「拜託你，田小姐。」

做到沒有認識男朋友的時間。

花裙子說：「我也交際得煩膩，陪你夜工。」

「沒有對象嗎？」

「有，明天就可以結婚，開銷仍然各歸各，大家受同等教育，收相等薪金，不過，家務歸女方，若果懷孕生子，也歸女方。」

「如此悲觀。」

「我都調查研究過，問家母可會幫我帶孩子，她一口拒絕，我不怪她。」

田蜜無言，養育她們也已經夠辛苦。

這是除出非洲，全球人口大減的原因。

「別說這些喪氣話。」

「喂，阿咪，你得向消息傳授某方面教育。」

田蜜說：「今晚，我們到一家新飯店試菜。」

「何處，什麼菜？」

叫小小菜館。

道德子與雙面子也一起。

餐館完全中式裝修，古色古香，金嗓子說：「有點古怪，你不覺陰陽怪氣，牆壁上的草書，我一字也看不懂。」

道德子說：「好像是有朋自遠方來，不亦樂乎。」

「怎麼沒有菜單餐牌。」

員工笑說：「哪種材料新鮮做什麼菜，保證滿意，牆上有若干提示。」

啊，田蜜一看，輕輕讀出：「雞蛋蒸魚腸、燉鷓鴣、冰糖鴿蛋……」

道德子皺眉，「魚腸多髒，鷓鴣可是野味？」

金嗓子說：「我不吃這些。」

「還有鵝腸炒米粉，怎麼都是動物內臟？」

花裙子一眼看到鄰座打開一大盅食物，她定睛一看，驚呼：「蛇！蛇！」險些掀翻椅子，奪門而出。

金嗓子跟着說：「這是黑店，什麼猴子腦、老虎鞭、炒蠍子。」她跟着花裙子奔出。

雙面子嚅嚅：「聽說最滋補……」

道德子喝道：「你一個人吃好了。」

他們全部離座。

田蜜無奈，也想站起，可是伙計與店長一起走近，「小姐，不是蛇，那只是鱔魚。」

田蜜無奈，「對不起。」

店長十分了解的樣子，「剛自北美回來吧，吃不慣，沒問題。」

「不，不，我不怕，我由小郭伯伯介紹來。」

「呵，是田小姐，請坐，我們還有砂鍋魚頭，你吃魚吧。」

「那，那魚眼睛……」

店長與伙計都笑，「那麼吃蛋包飯與炒青菜。」

真尷尬，田蜜結巴，「我不餓，改天吧。」

店長無奈，送她出門。

田蜜這才看清，他是個端正的年輕人。

「對不起對不起。」

年輕人叫謹言卻也忍不住調侃一句：「那邊有炸魚薯條店。」

田蜜氣結。

同事們在角落等她。

「可怕啊。」

「是鱔魚，不是蛇。」

「聽説最滋補。」雙面子唸唸有辭。

田蜜讓同事們氣壞。

她可沒忘記第一次看到聽説滋補的雞仔蛋，嚇得尖叫，給老媽罵一頓。

「華人為何嗜吃那樣古怪的東西。」

金嗓子輕輕說：「還有一種東西，叫紫河車，是嬰兒的胎盤，據說，也最滋補，可以白骨重生，還有一種菌蟲，鑽到草裏寄生，嘿，也補得白髮變黑，回復青春，價比黃金。」

「巫道。」

「東南亞雨林中兒童，走進樹林，每根竹子敲一下，有動靜，剖開挖出竹裏生長肥大毛蟲，直接放進嘴裏，笑着當糖果那樣吃……」

「好了好了，説夠啦。」

「我們受西方風氣影響的所謂文明之徒呢，大口吃的漢堡，油膩不提，肉餅不知用什麼部份牛肉絞碎製成，很高尚嗎。」

道德子沮喪，「我一直知道想吃蔬這念頭是正確的。」

「散了吧。」

各自回家，田蜜睡不着，夢見一隻魚頭瞪着死去大眼珠向她討命。

半夜起來喝水，看到消息輕輕要出門。

叫住：「去何處，天還未亮。」

「回校練摔角，我代表學校出賽。」

「你倒是十八般武藝樣樣皆精，學校也真是，沒別的學生？什麼都靠一名插班生。」

消息賠笑。

這一段日子也許是她生活中最穩定可靠的生活。

「不吃早餐不准出門。」

田蜜買許多瓶裝維生素營養奶，接着做大疊多士，自己也幫忙吃。

「去，打垮她們。」

消息忍不住笑。

下午，小郭伯伯找她。

「田小姐，今晚可有空。」

「有有有，你有消息啦。」

「六時到小小菜館見面如何？」

「我不去該處。」

「我都聽説啦，人家不會怪你，人家是正當飯店，不過是賣些食材不貴，但做工仔細，已經吃不到的工夫菜，大驚小怪，都是假洋鬼子。」

「是，是。」

田蜜單刀赴會。

那個端正小伙子店主迎她入內，小郭伯伯已在等候，一身深灰色唐裝衫褲叫田蜜喝彩。

「坐下，喝茶。」

一聞，茶味不對，這種叫普洱的茶有股蟑螂味。

店主給她一罐可樂。

「小王，過來，我點菜，要一碟子蛋餃、龍蝦蒸豆腐、魚雲羹、豉椒炒鵝腸。」

「今日沒有鵝腸。」

「炒個雞絲空心菜。」

「明白。」

阿伯對田蜜說：「這些菜，賣不到好價錢，誰也不肯做，漸漸失傳，小王是個有心人。」

田蜜心急，「可以說了嗎？」

小郭伯伯才要開口，小王送上小小一瓶五加皮酒，酒瓶像手榴彈，相當趣致，打開，氣味也像蟑螂。

小郭伯說：「你要找的那位小姐，原來是私人會所的歌舞演員。」

講得真斯文。

「在本市各種場所找遍，不見蹤影，原來該行已經式微，搜過許多脫衣舞館，都說不知此人。終於，有一個清潔阿嬸說，郝日子名字奇特，帶着個女兒，北上大同區做酒保了。」

田蜜霍一聲站起。

「坐好慢慢聽我說。」

田蜜倒了半杯五加皮在小杯子裏喝盡。

郭伯給她看電話上錄影。

田蜜取過看，確是郝日子，穿極低胸窄T恤，胸部做得很大，她站吧枱後搖雞尾酒，胸前隨手勢跌宕。

這分明是賣肉，而且這肉，已不甚新鮮。

田蜜落下淚。

「不要難過，我手下與她傾談過，她很歉意無奈，頻頻道歉。」

「幾時回轉。」

「她收入穩定，一手墨希多酒很受那邊工作白領歡迎，客人並不粗魯，在影像中可以看到——她短期不打算回來。」

「什麼。」

「你試試這清炒藕片。」

什麼。

「聽我說，田小姐，小女孩以遊客身份入境，最多可在本市逗留六個月，她需要續期，但她未成年，又無家長，有點麻煩。」

哎呀，田蜜怔住，她才第一次想到。

「即使郝女士回轉，也不能幫到什麼，她帶着她近十年，十分勞累，她說，孩子再捱幾年，十八歲成年，便可飛翔。」

田蜜氣得面孔煞白，不，不是氣郝表姐，她氣這社會。

「這消息一定令你不快，但郝女士說的是事實，少女身上有顆靈丹。」

「郭伯你越說越玄。」

「少女讀書成績優異是個奇蹟，日後終可振翅。」

「郭伯你太樂觀，我功課也不差，還不是芸芸眾生中一名，每年同學聚會我都懶得出席。」

小郭伯意外，這田小姐倒也有可愛之處。

「郭伯向你討教——」

「郝女士說，你若不養，可送她往大同，但酒吧即酒吧，入學也不方便，始終沒有戶口。」

「那就只得在我處非法居留。」

「本市戶口也查得很嚴，你不知覺耳。」

「世界那麼大，無少女容身之地。」

「她有美國護照，回去讀書是一途徑。」

田蜜點點頭。

她一邊喝五加皮，一邊吃菜，漸漸吃出味道來，又鮮又甜，連吃兩塊蒸豆腐。

郭伯又喚小王，「正式介紹沒有？這位是田蜜小姐。」

小王走近坐下。

「你別看她牙尖嘴利，其實有一顆豆腐心，不是我倚老賣老，她是都會裏少數還具同情心的人。」

田蜜不出聲，哪有郭伯說得那麼好。

小王說：「我敬田小姐一杯。」

「這些就不必了，你換雙跑鞋急起直追。」

田蜜無奈，這郭伯真是有話直說。

「那，田小姐，可以把通訊號碼給我否。」

田蜜笑笑給他。

有客人叫他，「王，菲菜炒蛋。」

這菲菜，好似又有甲由味。

「郭伯，可否到烏克蘭尋人。」

小郭先生看着她，「田蜜，你真像文藝小說中女主角：堅持一味固執，

世上沒有難成的事，烏克蘭從前是蘇維埃聯邦成員，面積比英倫三島、法

國、西班牙都大，歷年經濟不景，人民貧苦，有個綽號，叫歐洲男性樂園，年輕人莫不想到外國找生活，根本沒有出得來還會回去的人，五千多萬人口，何處尋人？我又不是二郎神君有三隻眼睛。」

「是，是。」

小王不由得咧嘴笑。

田蜜瞪起雙眼：你笑什麼？

也許是陳年五加皮的作用，他們三人談笑甚歡。

「再說：生母可能已不在人世，生父連姓名也無，即使找到，你願意把小孩送回基輔？」

田蜜垂頭。

「這孩子，你要不揹着，再想辦法，如不，遞解出境，回美國。」

這不是心狠手辣，這叫實事求是。

「小王，你不是缺女招待嗎，那少女相貌異常討好，據田蜜說，人也乖巧，叫她放學幫忙，賺些最低工資。」

小王只是笑。

「我讓她來面試。」

郭伯說：「今晚真慶幸，兩個英俊年輕男女陪我吃飯喝酒，以後有緣再見，我走啦。」

小王站起送客。

不知怎地，田蜜還怔怔坐着。

拼圖似，把郝消息的身世合成大概，但是，比從前更加迷離。

她結賬。

小王說：「我請客。」

「怎麼可以。」

「那麼，下次吧，還有，這五加皮加可樂，還好喝嗎。」

小小菜館客人漸多。

他也不會虧本，豆腐價錢同火腿差不多。

她並沒有把郭伯偵查所得告訴消息。

道德先生警告：「用非法未成年勞工，當局會拉人封艇。」

寸步難行。

社會保護兒童，不是不盡力，但是一旦夠十八歲，叮一聲響，做什麼都不再予以理會，成年啦，盈虧自負。

安靜了三日，一組人連夜把工作趕出，做得金睛火眼，金嗓子忽然發覺視線不清，跑去看醫生，原來得了遠視，即老花，伊哭足一個下午。

她不願承認是遺傳性先天早年老花，只賴電腦熒屏，嚷着要轉工。

「你同雙面子一起走吧，去，去做酒保。」

花裙子答：「酒保也得用電腦。」

這時，田蜜又接到學校電話。

「又打架？！」

「不是不是，田小姐，這次是校長。」隔着電話都看到笑容，「有點事想與田小姐商議。」

田蜜嘆息，還是那樣乖巧的孩子，倘若頑劣一點，家長那真是不用做人。

她趕到學校。

校長請田蜜坐。

她是一個打扮得很漂亮的中年女士，開門見山地說：「郝同學是天才兒童。」

田蜜一時不接收，怔怔看着她鮮紅嘴唇。

「田小姐，每年不知多少家才一進德齡便說他們的子女是天才中天才，要求跳級，說一般功課叫他們煩悶，但相信我，我做了二十年校長，還沒見過真正天才。」

田蜜眨眨眼。

「但，郝消息同學真是不折不扣過目不忘的天才少年，你身為監護人，卻不提郝消息具天份，啊。」

「我不覺得，我與你一樣突兀。」

「哎呀，郝消息旁聽戲劇組高年級同學排練莎士比亞的李爾王，台上演員忘記說白，她一一補上，現在她客串助導，你不知道？」

「她從未提起。」

「數學課，老師生氣學生抄寫緩慢，擦掉黑板例題，郝消息早記心中，一一補上，每樣課程，她都像已經熟讀於心，坐在課室，像是浪費時間，你不知道？」

田蜜目瞪口呆，「校長打算開除她？」

「不，不，這將是我們的首席學生，表揚德齡中學的旗幟。」

田蜜不是天才，但亦非笨人，她福至心靈地緩緩說：「這樣呀，我想想，要跳班囉。」

「當然當然，我們已予各種測試。」

「我反對給她腦袋上貼滿電極。」

「不過是試卷測驗。」

「作為家長，我一向反對天才論，為什麼要做天才，最快樂的是普通平凡健康的人，郝消息不過記性好些，不是天才。」

「但校方對天才兒童最有興趣，我們會把郝消息挪到天才班。」

「她只是交換學生，旅遊護照屆期，便需返美。」

「這不是問題，校方決意留住她。」

田蜜心裏鬆一口氣。

「美方學校不覺她特別。」

「美人一向粗心大意，況且，那時她還年幼。」

「我回去考慮。」

「你且別驚動她。」

「明白。」

「田小姐，你真夠超然自然，榮辱不驚，這樣的家長確難得。」

田蜜微笑，啊，有利用價值的監護人，忽然受到尊敬，世態何等炎涼。

「希望郝同學留在德齡。」

「我則希望德齡不叫郝消息做宣傳。」

「但是她在諸多比賽中獲獎，拍照領獎不可避免。」

「不見得摔角也拿冠軍吧。」

「郝同學說，她發覺每個對手，只得大約四五個招式，而且次序極少改變，一旦掌握，不難取冠。」

我的天，田蜜想，的確有未卜先知之能。

校長難掩歡喜，「不學而知之，是為上也。」

「校長，不學而不知，亦算上等，最慘是不學而自稱知之，斯為下也。」

田蜜回到家，與雷震子談起，嘖嘖稱奇。

「我一早已疑心，」雷震子這樣說：「冰箱少了什麼需要添上，她全部有數，各類用品放在何處，她全找得到，一日與送報人說，幾月幾日，少了何報，也都記得，我慶幸得到小幫手，助我算賬，一文不差呢，這孩子真討人歡喜。」

田蜜發獃。

可是，問及身世，她一概說不記得。

田蜜懷疑，她連一歲之事都記得。

邱吉爾自傳，他連保母在他五六個月時帶他遊公園都歷歷在目。

消息放學。

田蜜問她：「你知道校方可幫你延期居留？」

消息點點頭，「我在報章教育版看到一項交換學生可由校方辦居留。」

田蜜點點頭，「那是因為你擁有大國護照。」

田蜜緊緊擁抱消息，「請繼續沉默慎言，切勿招搖。」

「明白。」

「可找到媽媽？」

田蜜點頭。

「她可是不回來了。」

「對不起。」

「她始終是我唯一知道的媽媽，吃的用的，都省給我，有一陣子，她收入頗佳。」

「知道感恩是美德，受人滴水之恩，當湧泉以報，那才能行走江湖。」

「咪姨口氣像俠客人物。」

「我會跳下火坑去救一個孩子嗎，我不知道，很多見義勇為的人都說想都來不及想，本能反應，把着火汽車中傷者拖出。」

消息說：「咪姨你真的把我自火坑拖出。」

稍後，田蜜說：「郝消息有一種吸引大家愛惜她的魅力，許多公眾人物都有這種氣質。」

花裙子問：「希望我也有。」

「你有啊，你吸引眾男同事，叫他們幫忙，連免費加班都願意，我就不行，我兇巴巴。」

「知錯能改呀。」

「這不是錯，這是天性，我的眼珠不會轉動，我的聲音比你低三度。」

「可是消息往往也不過垂頭靜坐。」

「她有內功。」

金嗓子說：「也許，是巫術。」

「嗓子那麼大，沒有益處。」

這幾日，學校訓練小組同學練習益智問答。

消息問：「可以邀請一男一女兩個同學來我們這裏練習否。」

「練多久？」

「我們三人負責中學程度天文與物理，每個下午兩小時，三天。」

「夠嗎？」

「平時我們都有留意。」

「考你：太陽系八大行星隨太陽運行軸心各有不同，地球是廿三度半，因此造成各地春夏秋冬四季，請問金星是幾度。」

「三度，天王星最奇特，幾乎直豎八十二點一繞走。」

「太陽是何物？」

「是一顆普通的恒星，恒星世界有億萬顆，芸芸眾星，太陽一點也不特殊。」

「為什麼要建造太空站？」

「人類的愚昧妄想，同聖經裏的巴貝爾塔一樣。」

田蜜笑得翻倒。

這便是郝消息的魅力。

她看到一隻皮鞋盒裏許多收條、支票根、發票，亂成一大堆。

「這是什麼？」

「又得報稅啦。」

「咪姨，你每月收拾，比較一年做一次方便。」

「誰不知道，懶呀，又忙，先堆那裏再說，一下子一年，亂如雜草，眼光不願落在盒子上，漸漸佯裝看不見，忌諱看……」

「像功課一樣。」

「不，像債項，洋人說的客廳中有隻大象，不去看牠，牠也就不存在。」

消息駭笑，大人也這樣。

她問：「我可以看看嗎。」

「請看個夠。」

田蜜到廚房幫雷震子，發覺碗碟已全部洗淨，順大小次序井井有條排放。

「這是消息做的吧。」

「唉，如此可愛孩子被遺棄撵出，幾乎流落街頭，上好沉香當爛柴，世上什麼人什麼事都有。」

「人人有逼不得已之處。」

「將來，這孩子有出息了，你說，失蹤已久的父母會否爭着認回？」

「活着已經很好，做平凡健康的人，庸庸一生，那才安樂。」

雷震子別出心裁：「安樂，像墓園名稱。」

她遞單子給田蜜，「這些，都該添置，由消息列出，許久沒吃魚，你看新鮮的買。」

田蜜忽然想起一個人，「我吃過一味龍蝦片蒸豆腐。」

「我不會做這種刁鑽菜，吃了折福。」

「說的是。」

在廚房咪摸半晌，喝過咖啡，回轉書房，發覺消息已把發票收條等單張全部小疊小疊分開，用文件夾子夾好，然後，她在電腦前做算術，逐月逐筆有條理打出。

「你怎麼會這些。」

「網上有家庭報稅表格。」

「你不用對照？」

消息指指前額，笑嘻嘻，「看過便記得。」

啊，田蜜輕輕坐下，對數字如此靈敏，「那麼你——」

消息蘋果臉上笑容擴大，她知悉田蜜想頭：「不行，媽帶我到各處博彩站試過，我毫無感覺。」

「六個數字耳，每期都有人中獎。」

「好幾十萬個變化呢，沒想到咪姨也嚮往中彩。」

雷震子在一旁說：「誰不想一票中，有個依賴，從此衣食不愁，前路可是橫風橫雨啊。」

「去，去買一二三四五六。」

雷震子感慨：「家裏有個孩子多熱鬧。」

不過，不是個個孩子是郝消息。

那天傍晚，電話找田蜜。

消息悄悄對雷震子說：「是姓王陌生男子找咪姨，以前，只有男同事有急事才找。」

雷震子喜說：「莫非有盼望了。」

只見田蜜沒幾句：「馬上下樓。」

她披上外套，「別等我吃飯，我去去就回。」

她臉色沉沉。

雷震子說：「跟下去看看是什麼人。」

消息躊躇，「她會不高興。」

「悄悄，別讓她看到。」

兩人輕輕跟在後面，剛來得及看到田蜜走上一部吉甫車，司機等她坐好才小心關門。

消息看得一清二楚，那男子年齡與咪姨相仿，高大、壯健，大衣袖子下都看到鼓鼓手背肌肉，他相貌端正，雙眼有神，嘴唇豐滿，最得人歡喜的是對女子有禮，懂得開車門關車門，吉甫車門重，女生一手一腳推不大動。

消息記下車牌號碼。

雷震子說：「這是什麼人。」

有人在身後說：「我知道，我慢慢說給你們聽。」

一看，是金嗓子與花裙子來訪，在街上碰見。

「兩位快快上樓詳談。」

那邊，田蜜上車，問王謹言：「小郭伯情況如何？」

「血壓奇高，檢查之下，留院觀察，看是否需要搭橋。」

「都是你黑店那些食物吃的！」

王謹言不出聲。

田蜜這才想到她也該慎言，三思之後話才出口。

「對不起。」

「沒事，小郭伯是那種叫人上心的人，他說想見你說說話，心情好些。」

「願盡綿力，喲，忘記湯水。」

「我做了清雞湯。」

到了病房，只見小郭伯躺床上，面如金紙，田蜜不由得握住他的手。

「多謝你來探望。」

田蜜點點頭，黯然想到人類逃不過如是結局。

中年看護大力推門進入，「且別淌眼抹淚，還早着呢，搭了橋還有三十年。」

田蜜得到刻薄鼓勵，心情略佳。

「田小姐，我有話說。」

「小郭伯，請講。」

「這是你表姐郝日子在大同的地址。」

田蜜意外，接過字條。

「她是流浪的玫瑰，不一定還住在該處，電話已無人接聽，不過，你要找一個人，總還會找到。」

「明白。」

「活着出手術室，叫謹言找蒸禾蟲給我們吃。」

「是是是。」

「多留意謹言，他是理想對象。」

田蜜只得點頭。

「回去吧。」

田蜜垂着頭走出病房。

聽到隔壁有人大哭，想是親人難以救治，那哭聲倉皇淒厲，像是活不下去。

田蜜咬緊牙關，才壓抑下悲傷。

不一會王謹言出來，「別怕，醫生有把握。」

他手中握着一枚翡翠班指，通體潤圓碧綠，是一件難得寶貝。

謹言說：「叫我向你求婚那日送給你。」

田蜜不想多說：「那你先小心收着。」

「小郭伯是奇人，他若把所知整理，可著書立論，但誰有那麼好記性做筆記？」

田蜜的心一動，郝消息可以。

「我先送你回去。」

回到公寓，金嗓她們已經吃過，只剩一碗泡飯。

雷震子閒閒說：「幾時帶我們吃龍蝦蒸豆腐。」

她都知道了。

她訕訕說：「看樣子是個好男子，那整潔平頭就叫人歡喜。」

「你還會相人。」

「不難看出，只有戀昏了頭的無知少女才會不知不覺。」

金嗓點頭，「是的，那人頗為可靠，主理一間如此刁鑽飯店，並非易

事。」

消息忽然說：「要是家中有那樣一個大哥哥就好了。」

金嗓笑，「沒什麼想什麼，我有五個兄弟，都是別人的好女婿、好姐夫，肥水盡澆別人田，一絲恩惠也沒得到，常聽冷言冷語，怕我搶他們有限資源，我也有大姐，一味敲竹槓，背後惡言中傷……」

大家都笑，「眾皆負卿。」

「都是真事，一日得到些許獎金，喜孜孜與父親說『可要換些家具』，他老人家暴喝一聲『要換換樓！』」

大家不再出聲。

過一會說：「田蜜最逍遙，家長不慍不火。」

田蜜苦澀，「一家不知一家事。」

「吐完苦水，散隊，雷震子，多謝你的廚藝。」

小郭伯手術不是不順利，但到底年紀稍大，需住院休養。

田蜜帶着消息探訪。

郭伯一見消息，精神突振，「你就是那過目不忘的奇特孩子。」

消息只是微笑。

田蜜說：「替小郭爺剝橘子。」

「輩份越來越大，唉。」

他凝視消息，「你母親可有帶你到賭場。」

消息低聲恭敬回答：「未夠年齡，未能進洋人地方，母親又不願帶我到混雜的牌九番攤檔。」

小郭伯點頭，「她愛護你，有一陣子，她頗拮据——」

「有一個男人，騙她積蓄。」

「你們如打算探訪她，記得帶上小王，行走江湖，有男子保護好些。」

消息又聽到江湖兩字。

小郭伯解說：「這江湖，便是現今的社會。」

田蜜問消息：「可要探望你母親。」

消息點頭，「十分想念她。」

田蜜說：「我也是，想把她勸回。」

小郭伯說：「人各有志，有緣再相聚就好。」

田蜜只覺這話有些不佳預兆，他是長輩，又在病中，偶有感慨亦不稀奇。

「喲，累啦。」

田蜜與消息趕緊告辭。

小郭伯手心還握着消息剝的橘子。

田蜜看着郝日子在大同區的地址，「消息，這就向學校告假吧。」

消息點點頭，母親與咪姨都盡量為她着想。

病房外有親友在玩廿一點消閒，消息走過，一瞅眼看到有人手上十三點，還想追一張牌，消息看了看環境，向他輕輕搖頭，那人看着清晰大眼向他示意，搖頭不要，結果對頭得到一張Q，他贏了。

他站起向消息打招呼。

田蜜把消息拉開。

「喂，千萬不可天生記性難自棄。」

消息笑，依偎在咪姨肩膀。

「噫，你高多啦，孩子們遇風便長，你來我家多久啦。」

「整整一年，我代表德齡拿了七個獎。」

「做得好。」

老師也這麼說，「她是我們的模範生。」

田蜜打趣：「那麼，給一個銀盾吧，小孩在乎這些。」

校長笑瞇瞇取出一隻大錦盒，打開，正是一枚圓形閃閃生光十吋直徑銀盤，上面刻着郝消息中英文名字、班級、得獎類別及年期，田蜜本來最不稀罕這一類東西，但此刻亦禁不住感動。

「那些個別獎章獎杯，都留在學校啦，可惜她對音符樂器不感興趣，否則樂譜聽一次即可奏出。」

田蜜沒好氣，想說：她很會吃，有否大食獎。

她說出請假之事。

「喔唷，有一個國際象棋賽——」

「校長，我們告一個星期假，去大同尋親，不是玩耍。」
「五天行嗎？」
「她是去尋找母親。」
「啊，」校長動容，「那只得放人了，請準時回轉。」
走出校長室，被好幾名家長圍住。
「田小姐是吧，請留步。」
田蜜意外，「何事？」
「田小姐真是爽快人，我們也是家長，女兒是郝消息同班同學，實不相瞞，拜託，我們想知道田小姐教學之法。」
田蜜一怔，可憐天下父母心。
「我沒有替她補習。」
「怎麼可能，郝消息小朋友每一科都滾瓜爛熟，尤其是歷史，每場戰爭年份都答得出，各種詩篇琅琅上口，一定有秘訣，田小姐，誠懇向你求教。」

「她不過記性略好。」

「這樣吧，田小姐，我們重金聘你做家教。」

「愛莫能助。」

她們很沮喪，「說過不會幫我們」，「指點一分也好」，「只好說各人天資有別」，「唉」，「怎麼會有如此聰穎孩子，是否多吃蔬菜」，「大概讀通宵」……

田蜜惻然，「我或可介紹幾本參考書。」

「謝謝，感恩不盡，謝謝。」

「我讓消息帶到班上。」

他們才肯離去。

田蜜心想，讀書讀書，那是要讀的，郝消息讀一次能背，其他人可讀十次，她田蜜就是讀百次那種學生。

有人問提琴大師海費茲如何可進卜納基演奏廳，他答：「練習。」

迎面而來是兩名花枝招展女學生，比消息高兩班吧，裙子摺得很短，穿最時髦LV牌球鞋，外套大幾號，裝作還小，沒發育完全……這種打扮要花多少心思，倘若校方准染髮，還不知有多麼七彩繽紛。

一個人心思時間用在何處，是看得到的。

回到公寓，小王在樓下停車場等她。

「來多久了，為什麼不知會我。」

「雷震子說你見校長，孩子呢。」

「上學，她同一些優秀運動科學生一般，只基本學習一些科目，其餘時間，專注參加各種比賽，為學校爭光。」

「天才學生制度均如此，那不好嗎，我一直懷疑中學時又讀又考『澳洲的灌溉系統』有何益處。」

「同常人不一樣，是要吃苦的。」

「每個人的苦楚，大約也有限額，小消息在世已吃足苦頭，她不再會有什麼事。」

「嗯，嗯，你說得對。」

「這是我友一輛性能裝備最佳長途拉力吉甫車，這次我們到大同，靠它的了。」

「你走得開嗎，店裏有人幫手？」

「不怕，店裏一向只做三五味菜。」

田蜜好奇，「大廚不在，做什麼菜。」

「這味你可能也喜歡：藕盒子。」

「是蔬菜，不妨一試。」

「自池塘底挖出肥藕，洗淨切薄片，夾入肉碎，蘸麵粉，放油內略炸上碟。」

好像很美味，「那要做多久？」

小王只是笑。

田蜜上車參觀，車身果然寬敞，座椅舒適，整個天窗可以看到藍天白雲。

小王輕輕說：「其實不過在現代寬敞公路行駛，但安全至上。」

田蜜點點頭。

「田小姐，你夠義氣。」

「我們背後叫你君子，你才路見不平，拔刀相助。」

小王忽然別轉頭，他的耳朵燒紅，「不敢當。」

「話先説好，路上費用一概屬我。」

「平分可好。」

「你出時間出力氣我們已經十分感恩。」

小王訕訕不出聲。

田蜜外遊往往帶一小箱應急藥物，潤膚霜與洗頭水不可少，她是那種天天洗頭的人，又兩人內衣褲數打，運動衫褲各十套。

小王想説：其實，大同區是具規模城市……他莞爾，田小姐不是輕易受勸的人。

小消息的背囊裏裝滿書冊，她一路上讀書，翻頁奇快，擁有速讀技巧。

小王張望一下，意外發覺消息在看一本線裝紅樓夢，呵，向文學邁進。

她低着頭專注模樣十分可愛，像幅國畫，有時不知錯過什麼，又重頭

翻閱，想必已全盤記在心中。

田蜜則略為沉默，一路欣賞風景：新城市彷彿一夜之間建成，簇新得似油漆未乾，一來一回六條公路線∞字型天橋，車如流水。

田蜜感慨，聽老人家說，本國最美之處是幾十個省份每處方言、風俗、景色、建築、人情、食物，甚至連傳統服飾都各個不同，如今，大半發展得一個模式，倒像北美洲，每個大城市同樣的百貨公司、快餐店、繞道、招牌……

「在想什麼。」

「物非人亦非。」

「不會，我們能找到她，小郭伯給了聯絡員。」

「我想膜拜小郭伯。」

這時，消息抬起眼，「小郭伯喜說緣份這兩字。」

他們在旅館放下行李。

小王在互聯網找到一間粵菜館，「去試試。」

餐館裝潢極之雅致，由舊鄉紳住宅改建，走進大堂，外邊陽光映到牆上那般高與寬的雕花窗框上，美麗巧妙手工圖案頓現。

哎呀，這作用同巴黎聖母院的大玫瑰彩色拼花玻璃圖案作用相似。

田蜜欣賞到極點，吁出一口氣。

大家都頭次來，小王點幾個家常菜，其中一味，便是藕盒子，他是探盤來了。

田蜜叫了啤酒，鄰座幾個年輕才俊西服煌然也正吃午飯，叫的是紅白酒。

他們看上去似銀行投資部高級員工。

消息甚為欣賞蒜頭炒小白菜。

自飯館出來，田蜜輕輕問：「人家做得好不好？」

「藕美味如生梨，肉餡略瘦，煎油十分新鮮。」

「比起你們的呢？」

「我們不用豬油。」

他們走到附近一間酒吧，守衛即時迎上，「這裏尚未到營業時間呢。」

「我們找人。」

「小妹妹不能入內。」

「美麗在嗎，我們想與美麗說話。」

「啊，我竟不知她在等的人客是你們，失敬失敬。」即刻引入。

酒吧在白天打開窗戶，十分光潔，是那種正經白領階級來鬆口氣的地方。

田蜜鬆口氣。

消息站她身後。

一個年輕女子走出，身段非常曼妙，沒有濃妝，只穿運動衫褲，「是王大哥與田小姐嗎，郭伯已經吩咐過。」招呼他們坐。

招待拿果子飲料出來。

田蜜看到枇杷與荔枝在一隻盤子上，心想：大概都是溫室培植，她才是鄉下人。

「我叫美麗，在這裏管酒水，請多多指教，咦，這位漂亮小妹妹是何人？」

這時，美麗與小王各自取出一張照片，大家一起攤開，那正是郝日子全盛時期的明星般造型照，證明他們說的是同一人，不存在假冒。

「請問她在酒吧用什麼名字。」

「郝日子，這是一個極佳又容易記名字。」

「她人在何處，可以見她嗎？」

美麗有點躊躇，「她老抱怨無人探訪。」

田蜜提高聲音，「她在什麼地方？」

美麗妙目露出哀色。

這時王謹言也急，「請爽快告知。」

美麗輕輕答：「她在療養院，她病了已有一段日子，我還沒有告訴她，有人找她。」

田蜜說：「我們不是外人，我是她表妹，這孩子是她女兒。」

「哎呀，從來未聽她提起過，我去給你們找地址。」

小王轉頭，發覺一大一小兩張面孔已經默默淚流滿面。

美麗取出印着地址的卡片。

田蜜用袖子擦淚水，搶過便看，所謂療養院，指藥石無靈，醫院讓病人轉到該處安樂。

田蜜渾身顫抖，擁抱消息，四條腿發軟。

忽然想起郝日子與她少年時期好日子，再不妥，也還十分年輕，什麼都不以為意，快快活活過每一天。

「什麼病？」

「四處擴散的癌症，已不能說話，面孔瘦得似一枚核桃。」

「你最後見她是什麼日子？」

「個多月前，陪郭伯助手前往探訪，她與我共租公寓，她的房間我還留着，我不是漢族，家在烏蘭巴托，兩女同住，比較有照應。」

王謹言放下一隻信封。

美麗忙說：「不用，不用。」

小王按着她的手，「我們再聯絡。」

那邊，員工已上班，開亮燈，關窗戶，擺座椅。

走到門口，才發覺店名叫「有客」。

小王給護衛員小費。

他把吉甫車開往近郊。

田蜜與消息已哭得臉都腫，小王看到不忍，打開車上小冰箱取出冰水澆毛巾上給她們敷臉，低聲勸說：「叫郝女士看到不好。」

田蜜一聽，果然如此，便叫消息仰起臉，把毛巾輕輕蓋她臉上。

車子駛到療養院，只見小路兩旁植滿高大槐樹，環境異常清幽，確是靜養好地方。

看護迎出，問個究竟，王謹言與她低聲說話，交談幾句，兩人都露出無奈神色。

他一轉頭，看到田蜜幫消息梳理頭髮，又替她抹上淺色口紅，正是，探病者不能像病人。

王謹言看到略微打扮過的消息，不禁一怔，少女臉容略添半點胭脂，顏色便綻開，鼻端哭得紅紅，膚色晶亮。

他連忙別轉頭。

只聽得田蜜自嘲：「我一直就像蓬頭鬼，不必整理啦。」

謹言微笑，自嘲這本事不是人人都有。

看護領他們進一間康樂室。

只見好幾個老人家正消遣最後光陰，有人玩牌，有人看電視，看護走近一張向窗安樂椅，他們跟在身後。

「郝女士，有人看你呢。」

田蜜忙不迭走向病人正面蹲下。

這是郝日子嗎。

面孔像一粒核桃，頭髮已掉得稀落，穿着寬大袍子，一身肉消失無蹤，仰起頭，不認得人，但看到兩張光潔年輕面孔，不禁微笑點頭。

田蜜已知病人不能認人，也說不出話，但面對面的震驚，叫她跌坐地上。

她輕輕靠在好日子膝旁。

消息抱住病人，「媽媽，媽媽。」
那聲音叫人心酸。
看護輕聲說：「別驚動其他病人，不要難過，她沒有痛苦。」
已不是同一人，整個郝日子的靈魂與肉體都已離去。
看護輕輕說：「你們來得及時，就這幾天了。」
「之後……怎麼辦。」
「如果沒有親人，盡快火化，我們是大學附設院所，地方有限。」
「明白。」
「請過來辦文件。」
田蜜把有關文件取出。
看護低聲說：「可惜，病人只得三十一歲。」
田蜜無言。
「病人要休息，你們明天再來吧。」
消息拉住椅背不放。

謹言說：「讓她再耽一會。」

看護卻說：「這裏的規矩——」

消息這才鬆手。

走出大門，發覺起風，把她們衣褲吹起，田蜜全不顧自身，扶消息上車，謹言脱下外套，罩田蜜肩上。

三人坐在車上，謹言斟出熱茶，他都準備妥當。

他自己喝兩口拔蘭地。

待田蜜回過氣，他又奉上熱雞粥。

消息忽然說：「餐車。」

田蜜也點點頭，「謝謝你，君子。」

又休息一會，才開車回旅館。

有兩個中年人等他們，「郭先生吩咐，有事儘管讓我們跟進。」

謹言又做代表，與他們商量。

片刻，有女助手送來黑色運動衫褲。

田蜜與消息沖身後換上。

到底年紀小，累極，倒床上盹着。

女助手體貼做了白絨花。

「郭先生已出院，他到法國南部阿維儂曬太陽休養，恐怕要三兩個月才返。」

年紀大了，是該這樣：雲遊，家裏留着童子，打開門，對客人說：「先生不在，不知幾時返轉。」

年輕人艷羨。

趁田蜜休息，他也沒閒着，參觀幾間餐館，十分訝異西菜做得比中菜還考究，老闆有外國人，也有歸僑，王謹言眼界大開。

他提着幾盒外賣回去，旅館招待員說：「王先生不試試我們中西菜？很有點名氣呢。」

王謹言不好意思，「明天一定品嚐。」

回到房間，田蜜開門。

「還在睡？」

「消息總共才知道那麼一個母親。」

「我猜郝女士一早知道她身上有病，故此把她留在你處。」

田蜜低頭，「她為什麼不説白。」

「多年不見，怕你拒絕，故此做個局。」

田蜜不語，這時，母親電話到。

她連忙敷衍，説着，忽然再落淚，「我就回來。」

「喲，你們都推説忙忙忙，十問九不應，三問四搖頭。」

「媽，我們三口乘郵輪度假一星期如何？」

「我想乘迪士尼船，我夏季有空，走阿拉斯加線。」

「一定，即時訂票，為什麼要乘卡通船。」

「船上孩子多，好玩。」

眼淚一直擠出，「是是是。」

終於放下電話。

王謹言忽然打趣她：「平日孝順一點也就是了。」

他說得正確，孝道，便是照顧妥自身，在社會做一個有用的人，平時對父母客氣，不要等到要錢時才想到他們。

田蜜並無反唇相譏，謹言不好意思。

「早點休息，明日一早再去療養院。」

「你不如早些回去打點生意，我們稍後回轉，你也看到情況，我們安全。」

謹言輕輕搖頭，「送佛送到西，大家一起。」

他不算英俊男子，也不是田蜜所喜歡眉毛眼睛都會說話的人，但此刻田蜜卻對他十分好感，畢竟，女子除出嚮往跳舞到天明的對象，也希望有可靠肩膀。

第二天他們一早到達療養院。

樹林中空氣奇佳，大家深呼吸一下。

消息故意走得遠些，方便克制情緒。

走進大堂，接待員看見，立刻通知看護。

田蜜已知不妥。

看護走出，與王謹言輕輕説幾句，謹言垂頭不語。

田蜜與消息迎上。

謹言相當平靜，「郝女士昨日深夜辭世。」

田蜜與消息均無言。

昨日已見過面，她們已無憾，相信好日子也知道。

回程，他們找到美麗。

美麗只抬頭忍淚，然後説：「我帶你們到她房間看有何東西可以留念，你們走後，我就收拾一下，再把房間租出。」

三人點頭稱是。

郝日子最後住過的地方有一扇向後巷大窗，對着一片樹林，光線不錯。

「就快要建辦公樓。」

一床一几一張小桌子與椅子，衣服都已經放進大膠袋預備捐出，本來沒有什麼多餘之物。

但是，鏡子上貼有一幀照片，田蜜輕輕揭下。
照片中是小小消息與她在遊樂場拍攝，兩人笑得燦爛，看上去頗似母女。
消息接過，收進口袋。
美麗問：「沒有別的事了？」
田蜜示意消息。
消息朝美麗深深鞠躬。
美麗點頭，「好孩子。」
小郭伯的助手這樣說：「療養院的意思：就放在他們的紀念堂。」
田蜜這次看謹言。
謹言說：「這是很好的安排。」
田蜜在文件上簽署。
回程，田蜜盹着，忽爾聽見耳畔有叫聲：甜咪咪，甜咪咪，少年的你希望得到什麼。
她不由得回答：好日子，好日子。

兩人拉着手，愜意地笑。

消息一直靠她肩上。

恍如隔世那樣到達家，雷震子迎出。

「先喝碗雞湯再休息，學校來電催問消息回來沒有。」

各人只掛念與他有關的事，別人家死人塌樓，那是不相干的，人類不知是否因這種自私因子活得如此好。

消息仍然不發一言。

休息一會，她換上校服別上白絨花回學校。

雷震子要阻止，田蜜說：「隨她去。」

下班，雙面與道德探訪，不知恁地，帶來一整隻金華火腿。

隨後，金嗓與花裙也到。

「出社會近十年，所結識朋友，只得你們幾人。」

門鈴一響，金嗓先說：「別氣餒，還有君子人呢。」

正好把全隻火腿轉贈他。

花裙揭開他帶上的飯盒，立刻舉起筷子。

田蜜先等她夾一塊，然後説：「我留些給孩子。」

謹言帶來一壺菊花茶，大家連忙添上蜜糖喝盡，道德説：「嘿，蜜糖喝蜜糖。」

大家都笑，田蜜不得不動動嘴角。

謹言在門口説：「我替消息做了些包點，送去讓她小息吃。」

「拜託。」

謹言只説：「別客氣。」

只看見四位老同事已經吃完，滿意地各歸各活動，道德與雙面下象棋，花裙看時裝雜誌，金嗓與田蜜説：「想轉工。」

田蜜稍早也有這種想法。

「你也知道，後期加工是一份死胡同工作，我們不是原創人，也不是監製主腦，我們不過聽差辦事，有時真覺才能荒廢。」

「可是缺了後期加工還真不行。」

「說是這麼說，理論上講社會缺了垃圾工人最慘，可是你尊重醫生還是工人？」

「你想做宰相。」

「或許轉工種。」

道德走近說：「我敬業樂業。」

「我們這一代，工資只夠個人花費，不用想成家立室，生兒育女。」

「都老大啦，你不想有個家嗎。」

田蜜答：「我從不想我得不到的東西。」

「我們可以轉什麼工種，事事都需接受從頭培訓。」

「我想到工業院去學整水喉。」

「金嗓可以做一個八卦網頁。」

「都什麼時候了，還盡掛住損人。」

「嫁人吧，嫁人，從前是一個工種。」

田蜜說：「你們沒話說請回家。」

「弟妹面色有時難看，兄嫂望我遷出把房間讓給侄兒。」
「不要再說了，都快哭啦，還是一班大學畢業有正當職業收入的人。」
「可是有點佩服父母不知如何節衣縮食捱大我們。」
大家伸個懶腰，還是那句話：「田蜜最逍遙。」
他們離去。
過了頗久，謹言才把消息送回。
她說：「幸虧王大哥送來食物，同學們份外高興。」
噫，忽然轉了稱呼，叫大哥。
「幾時決賽？」
「後天，咪姨，王大哥說，我若有時間，可否到他店裏幫忙算賬，按時收費，我想賺些外快。」
「你不必擔心開銷。」
「每星期你把一疊疊現鈔給我做零用，我感慚愧。」
「我有靈感，不久你會還我。」

兩人似乎略為開懷。

田蜜再也沒有夢見郝日子。

回家次數比較多，與父母仍沒有太多話說，但她願亮相，父母已相當高興。

一日，母親忽然說：「阿咪，你有白髮！」

田蜜笑答：「那是我長腦部份，表示有智慧。」

母親好久不快，「吃些芝麻糊補補。」

田蜜忽然想起，有位女同事每次見父母之前都染髮，她就是孝順。

母親坐着，想站起，一下沒成功，要再掙扎一次，才能從沙發起身，田蜜看到，又說不出難過。

故意那麼忙，早上八時到辦公室，黃昏七時才走，為的就是要避開生活現實中不愉快變化。

小時父母隨手把她揪起抱，早已做不到，以前，雙方坦白說話，現時也不可能。

田蜜忽然嗒然。

上司叫她說話：「這一陣子你態度祥和得多，可是有何開心事。」暗示她是否找到男伴。

田蜜確是看開不少。

「你的兩位好同事結伴辭工往加國溫哥華另謀發展，你知道嗎。」

田蜜一怔，沒人告訴她。

「溫埠電影製作，多年不過是替美國做後期服務，薪金偏低，要求高，而且生活水準不相宜，房租屬北美最高，世界水平，只排在本市之後，你勸勸同事，三思而後行。」

是誰要走？

雙面一向有此意，他勾引了誰與他一起？

一定是金嗓這隻傻龜。

田蜜說不出話。

「他倆一走，你就升為小組長，負責訓練新人，雖說人浮於事，公司要找可靠勤工人手，也不容易，你也得考慮仔細，別老想着往某島曬太陽。」

田蜜心中不忿，這樣熟絡好同事，這麼大事也不先知會她，太沒意思。

她可不玩捉迷藏，即時發作，走到同事面前，瞪大眼，大聲問：「誰要辭職往加國？」

雙面與金嗓緩緩舉手。

田蜜更氣，「好走好走，不送不送。」

轉頭便離開辦公室。

他倆追上，「田蜜，田蜜。」

田蜜已離開公司，往街上走，順手關上電話。

沒走到對街已經自覺幼稚。

她訕笑一下，走到冰淇淋店買了幾盒甜點，拎着回公司，這是最短的離家出走，為時廿五分鐘。

同事見她回轉，都很高興，大口佯裝享受甜品。

田蜜一個人如常躲在角落勤工，練出來了。
金嗓站到近處，「田蜜，你不祝福我？」
「祝福你，不過，留神雙面，他不是無緣無故得到雙面這綽號。」
「謝謝你，田蜜，別生氣。」
「為什麼氣，他又不是我男友。」
「他對你有一定好感。」
「不說這些，道德與花裙何在？」
「他們心情欠佳，出去散步。」
「為何影響同事心情，你倆應當體恤他們情緒。」
「雙面說——」
「你的腦子呢，金嗓，別過份依賴任何人。」
雙面的聲音傳來，「你又說我壞話。」
田蜜擺擺手，「我還要趕工。」
「以後……不再是朋友了？」

「沒事沒事，大家一定找得到新好友。」

下班回家，忽然氣消。

雷震子告訴她，「消息在小小菜館算賬。」

壞。

田蜜連忙趕了去。

這消息未成年，被人知道她在餐館打黑工非同小可，那一大一小恁地冒失。

員工笑說：「他們在後室。」

更慘。

同未成年少女共處一室，鬧將起來，萬劫不復。

剛巧謹言走出，被田蜜一把拉出，說出危機。

謹言一怔，「我竟沒想到。」

田蜜走到小小辦公室。

消息站起，「咪姨來了。」

田蜜和顏悦色説：「我們回家做這些單據。」找到一隻大膠袋，把紙張與手提電腦收入。

「喂，等等——」

「聽話，快走。」

消息笑，王謹言也笑。

能笑總是好事。

那日，他倆在田蜜書房做到九時。

田蜜說：「回小小吧，這時客人最多。」

謹言老不情願地離去。

田蜜問消息：「有限時嗎？」

「明天下午五時前。」

「這人。」

「本來早應做好，因為陪我們去大同，所以——」

田蜜不好再出聲。

說來還是她們欠他。

半夜起身喝水，發覺消息伏在桌上盹着，記憶天才都要做那麼久，可見有多複雜。

可是第二早，她又精神奕奕上學，少年都是哪吒。

想起自身當年，田蜜真會流淚。

乘長途飛機到倫敦，再轉公路車往劍橋遊覽，跟扮成詩人拜倫般古裝導遊一起走遍名勝，這才有點累，導遊跟上，「小姐你一個人？」他又不是真的拜倫，這才覺得倦，才回倫敦在小旅館睡一宵，第二早往巴黎。

今日，聽見旅遊嚇破膽。

當然其中也有情緒因素。

那時，十多歲，還不知自己的身世。

像一般年輕人一般擅搞作，好高騖遠，貪慕虛榮，之後，她用心埋頭讀書。

可是，仍然因為選科問題，同父母意見相左，辜負他們一片苦心。

她讀過一個學期法律，苦得不堪，上課時間畫速寫，講師看見，這樣說：「你該轉科了，田小姐，不過，這幅我的素描畫得真好，可以送給我否。」

終於得償所願，又不見得特別開心。

她同母親說要申請獎學金，她要獨立。

母親勸：「獎學金呢，是給真正有需要學生，你家境尚可，不好霸佔寶貴席位，況且，也不一定批給你，功課優異，也得證明環境拮据。」

母親真偉大。

稍後她知道感恩，生活相當節省含蓄，看到同事尤其是花裙無休止那般置新衣添化妝品認為不可思議。

一次花裙出了店門還是忍不住折回，「那件淺紫色大衣真好看」，可是所有信用卡都已經滿額，她正尷尬，田蜜輕輕遞過她的卡片。

那筆賬，也許還清，也許沒有。

還有金嗓，一天到晚抱怨，像古式錄音帶破損：咇列剝落……老闆就是沒良心……，窸窸窣窣……我要是會拋媚眼……歌還是那首歌，約莫還聽得出老歌詞，但是實在煩膩，故此叫金嗓子，什麼芝麻綠豆事都要唱出。要緊關頭，離職移民結婚這等大事，卻又不說，嘴巴閉緊，她也有雙面。

唉，田蜜如此評人，人家還不知如何評她呢。

郭伯先生就說她愚魯粗心，無甚腦筋。

第二天，校長又找家長。

別的家長都怕校長，田蜜也不例外。

「如果沒有特別的事，我工作也相當忙……」

「十分重要，關於孩子的事，必定排第一，田小姐你說可是。」

田蜜無奈，還特意買了大盒巧克力送上。

校長眉開眼笑才說了兩句，田蜜已經皺起五官，像嘴巴被人塞了一口鹽。

校長打開那盒巧克力，大家吃起來。

田蜜終於說：「有關小孩將來，還是讓小孩列席為妥。」

「孩子自然聽從家長。」

「校長，不是這樣的，今日不一樣啦。」

「那好。」她叫員工找郝消息同學。

消息敲門進校長室，田蜜發覺她校服裙又短了一點，高得真快。

「郝同學，我正與你監護人談你提前往美國德齡女子大學升學的事。」

田蜜看着消息，「才十五歲，不太早一點？」

校長搶答：「有學生十二歲進醫科，德齡大學是X夫人與Y夫人的母校，校譽超卓，畢業生如胸前別了一枚金章，不少家長鑽盡門路，不得其門而入，有人捐贈整幢校舍，還在輪候名冊上，本校正是大學的中學部，郝同學由我校全體老師推薦……」

郝同學不出聲。

田蜜暗暗留意消息神情。

這確是好消息。

眼看前路茫茫，如此寄居別人籬下還要到幾時呢，但消息的天賦奇異聰慧幫她開拓新路。

她們一聲不響。

田蜜繼續吃香甜巧克力。

校長沒停游說：「千載難逢好機緣，全獎學金，那是指連食宿及零用在內，真奇怪，田小姐你還考慮什麼。」

校長推銷手法，有些像保險經紀。

田蜜問消息：「你呢，你怎麼看？」

消息答：「姨，看你的意思。」

「我相信你能照顧自己。」

校長面露喜色。

「讀什麼科。」

「先讀自由科學，再選專科。」

田蜜聲音漸低，「幾時回返？」

「姨如需要我，即時回來。」

「你想去嗎？」

「想。」

如此坦白。
不能留也不應留這個孩子。
田蜜根本沒有自私的因由。
但是她眼睛鼻子都紅起。
「田小姐，這裏往麻省，十多小時航程耳。」
田蜜答：「是，是。」
消息不理校長在場，緊緊擁抱田蜜。
田蜜輕輕拍打消息背脊。
奇人有奇遇。
「那麼，校方開始處理各種文件，大學不是沒有條款，請留意小字。」
田蜜忽然哈哈笑，抓起一把巧克力，離開校長室。
消息說：「咪姨——」
「替你高興，郝消息終於得到好消息，回去詳談。」
上車，她把整把糖果塞進嘴巴，忙碌嘴嚼。

回到家，連忙喝水沖淡甜味。

雷震子問：「怎麼了？」

田蜜訴苦：「如此這般，這般如此……」

雷震子聽罷不出聲，隔一會才說：「好聰敏孩子！不過，這是她機緣，今日，你是她台階，明日，她還有許多踏腳石。」

「不可如此說她，她是孩子。」

「她哪裏是孩子，機心可重着呢。」

「我並無損失。」

「她騙取你的感情時間精力。」

「我心甘情願，我閒着也是閒着。」

「這就是她的厲害之處。」

「你不替她高興嗎，她靠的是本身天賦。」

「那孩子生命中第一個貴人，是你表姐。」

田蜜吁出一口氣。

「她不知用盡多少心思，小心翼翼，艱苦地跟着那樣一個居無定所的女子生活如許多年，如今進一步，找到更堅固的踏板。」

「不可如此看她。」

「這是她的緣法，你們願意為她付出，連我都忍不住關心呵護她。」

「真不捨得，以後，苦悶時誰唱歌給我們聽，誰斟上一杯參茶。」

田蜜狂咳起來。

大家都心甘情願。

「幾時動身？」

「明年初夏。」

「要準備行李嗎。」

「她根本自美利堅來。」

「真不捨得。」

「在她面前，要裝得什麼事都沒有，隻字不可提，亦不可有異樣目光。」

雷震子說：「我低着頭做人好了。」

「記住，一樣留好菜給她，替她洗淨校服。」

「明白明白，有人前世欠某人。」

否則，沒有別的解釋。

消息放學回轉，緊緊擁抱田蜜良久。

田蜜覺得襯衫背濕濕，原來消息無聲痛哭。

終於，她這樣說：「咪姨，我始終沒向你交代，我跟着媽媽過的是什麼生活。」

不料田蜜提高聲音：「消息，我不想知道你過去，過去的事就是過去，你養母已不在人世，恩仇都無從報答，你以後好好過日子也就回報我有餘。」

雷震子給消息喝甜湯。

田蜜說：「喂，給我也來一碗。」

真不捨得。

睡覺前她輕輕說：好日子，你可以放心了吧。

沒有回答，毫無感應。

當然，生活再順利的女子都需過婚姻這一關，這些生關死劫，苦苦自身熬過，既然如此，還理會別人說什麼閒話。

接着日子，田蜜不敢在校園出現，怕其他家長們又來糾纏。

消息帶回校刊。

專題刊登郝消息同學國際象棋賽大勝英美法蘇同級高手特寫，還有郝消息近照，混血兒笑容漂亮得像演藝明星。

已經是一顆明星了。

那天晚上，謹言找田蜜。

小郭伯雲遊回轉啦。

喲，好消息，田蜜的訴苦對象到。

她自備香檳到小小菜館。

謹言笑，「我們也有香檳。」

「香檳配甲由，哈哈哈哈。」

謹言說：「胡言亂語，告你誹謗。」
小郭伯問：「這麼開心，什麼事。」
田蜜一五一十把好消息告訴他。
小郭伯點頭，「這才不辜負她天賦。」
「我會送消息往美國。」
「需要嗎，她根本是美國人呀。」
「總得為她設一個比較好的環境，租個一房小公寓。」
「泰半學生都住宿舍。」
「我住過宿舍，不方便，一人傷風，人人傳染疫症，每晚聚一起喝啤酒似開無遮大會……獨門獨戶妥當。」
謹言在一旁不說話。
田蜜想起，「你在哪國讀書。」
「我從未曾進大學。」
「啊。」

小郭伯說：「我連中學文憑也無，看樣子，現在這一二代的大學怪是不屑我們的了。」

田蜜站起，「我沒有那樣說過，但我乾杯賠罪。」

小郭伯笑着不放過田蜜，「他們一抽屜文憑，卻不諳世事，不懂人情，沒有計算，有什麼風吹草動，便抱怨父母愛得不足、老人不肯讓位、社會對他們有歧見，」他樂了，「哈哈哈哈哈。」

田蜜只得說：「我再乾一杯。」

「坐下坐下，趕快吃蟑螂。」

田蜜正氣結，忽見消息進來。

眾賓客見到亭亭玉立美少女，立刻注目。

小郭伯招手，「過來讓我看看你。」

消息微笑走近，雙手垂直。

小郭伯打量一會，這樣說：「沒法度，世上自有天生美女這回事。」

田蜜說：「煩惱呀，附近男校不安份少年走到她校門守候，為看她一眼。」

這時有幾個客人推門進入。

消息輕輕對迎上的員工說：「那是司徒先生，喜喝黃酒，他年輕女友周蓉蓉，其餘兩名是他子女。」

員工感激，「怪不得面熟，」高聲唱：「歡迎司徒先生，周小姐，請這邊。」

消息說：「王大哥替我們家買了新鮮鰣魚。」

「那麼多骨頭，只有雷震才吃。」

消息拿了魚離去。

小郭伯笑，「好幫手，她走了，你會寂寞。」

田蜜惆悵，「生命就是關於失去，小兒霎時間長大，失去小腳板啪啪聲，又飛快度過少年，變成中年，朋友親人一一離我們而去，失去說話對象……」

小郭伯說：「果然，開始傷春悲秋。」

「我忤逆時，家母流淚，『那可愛叫媽媽媽媽的小女孩去了何處』。」
「他們總會離去。」
「以後的日子裏，消息可會偶然想起我們？」
「我想不，否則，很難活得下去。」
「生日呢，生日總記得吧。」
「你在乎那些嗎，田蜜，你是何等瀟灑的人。」
「是嗎，郭伯，我是嗎。」
謹言拍拍她肩膀，「你看郭伯，曬得金棕，年輕十年。」
「郭伯，你有遺憾嗎。」
「我一生都是遺憾，遺憾太勞碌、遺憾不加油、遺憾不夠膽色、遺憾沒有追求心儀女子、遺憾太要面子——」
田蜜又大笑。
他忽然調轉話題：「長得那麼好看，危險，確是兩面刃。」
這時，謹言走到另一角招呼人客。

郭伯看着他紮壯背影，「你今日所做之事，切莫後悔，往往，一個人的付出，得不到回報。」

「這是什麼佛偈。」

「田小姐你這蠢人。」

「郭伯，笨人也會生氣。」

「好好好，田小姐，過兩日我又出門，這次，為朋友做一件案子。」

「什麼奇案，告訴我，是否尋找藍血的人，千年的貓，回來，說給我聽。」

「不怕說予你聽，他要尋找他昔年真愛。」

「苦，找到也不是那回事，」她輕輕說一句法文：「尋找逝去時光。」

「田小姐，我若年輕三十年，一定追求你。」

「唷，我有何優點。」

「我一直喜歡漂亮又蠢鈍的女子。」

田蜜拂袖而去。

天下又太平了約半年。

消息出埠之事已辦得七七八八。

明知消息一去可能不復返，田蜜還是全程跟到底。將來，她自己有了家庭，可能不會對女兒如此體貼，此刻，她有的是精力與時間，至於各種費用，就不必說它了。

一日接放學，有鄰校少男趨向前問：「田阿姨，郝消息可是要往美國升學。」

田蜜點點頭。

「我過兩年也許往麻省理工讀建築，希望可以與她會合呢。」

「那，你問她取電郵吧。」

田蜜看着他青春面孔，濃眉大眼，皮膚緊緻，運動健將身段，真想伸手捏一捏他的手臂。

都往外國跑，本市誰人接班。

再有名的名校出身，工作前途，還得靠自身苦幹。

這時，有人擋着她去路。

田蜜抬頭。

不對，這不是男同學。

外國人，一頭骯髒棕髮，油膩膩搭頭上，整臉痤瘡，有股臭味，穿一件花襯衫，敞着胸口，滿滿紋身，阻擋田蜜。

田蜜退後一步。

「是田蜜小姐？」

「我們認識？」

「我是安娜基輔的生父，即是你口中的郝消息。」

田蜜怔住。

沒想到尋人艱難，他自己摸上門來。

終—於—尋—上—門。

半晌，田蜜輕輕說：「口說無憑。」

那人抖出一份校刊，上面正有消息照片。

「她母親是我未婚妻，懷孕後離我而去，不知所蹤，我一直尋找，四處託親友幫忙，終於得知消息，長大了可是，有出息啦，可別忘記生父，我從未允許她寄養在任何人家，我要求討還女兒，與她團聚！」

這麼坦白，田蜜見多識廣，也不曾見過如此厚顏胡扯的人。

這時身後傳來聲音，「你是何人，總有個姓名吧。」

王謹言到了。

田蜜去與他站一起。

「我要見女兒！」

「女兒今年幾歲？」

他答不上來，「十多歲。」

「十一歲到十八歲，到底幾歲？」

他還是答不上。

「你們最後地址在何處？」

「她是中俄混血，母親是酒館女。」

這人說話半真半假，雖殘缺不齊，也肯定有人提供若干消息。

「女兒放學沒有？我要見她。」

謹言踏前一步，「你再不走，我報警。」

「警察萬歲？這是公眾地方。」

校護走近，「這仍是學校範圍。」

那男子大聲叫：「你躲不過我，我找律師同你說話。」

王謹言說：「我們也有律師。」

那人悻悻說：「我這一路來，可要車馬費。」

他還想勒索金錢。

校工已撥電召警。

那人蹬着腳離去。

田蜜即問：「消息在什麼地方？」

「圖書館，還有半個小時，我們上車談。」

田蜜深呼吸幾下，「怎麼辦？」

「那人太年輕，不似生父。」

「我也這麼想，但是，他肯定與那生理父親有關聯，他知道不少。」

「不要怕。」

「我不怕，他並非來團聚，他要錢，但我不是富翁。」

「不能付錢。」

「唉。」

「不要把事情告訴消息，她這許多經歷已經夠可憐。」

「我也這麼想。」

謹言說：「我也是窮出身，也曾求親人照顧，當然也遭過白眼，叫我明白，說什麼做人要自己爭氣，但是我最討厭有人勒索威脅要錢。」

「這人會怎麼做？」

「不知道。」

「報警吧。」

「需知警方第一會得先盤問投訴人，即使抓到宵小，你願意與他對質否。」

田蜜不作聲。

「只得斬腳趾避沙蟲。」

那即是把消息送往外國。

「這些人，會追到美國否？」

「這些人並無詳盡計劃，走多八千里路，少不了盤川與時間，你說呢。」

田蜜不出聲。

她還想找人商量一下，但是同事與她同齡朋友，都缺乏生活經驗，說不出究竟，她也不想太多人知道這件事。

「我與學校商量，早些動身。」

「暫時，搬個地方住吧。」

「學校有宿舍。」

「就這麼辦，叫消息無事無人陪不出街。」

「她會追問原因否？」

「消息一直像隻貓，輕輕躲着，不叫她，不出聲。」

「孩子一聽話，叫人心酸。」

雷震子第一個抱怨：「沒人説話，十分寂寞。」

「你們平時説些什麼。」

「她把菜譜讀熟，逐步教我做新菜，所以最近大家都吃得好，還有，讚美這個家充滿溫暖，聽不到哭聲，光線明亮，物資準備充份。」

小孩子，所圖的不過是這些。

「我做甜品一直不上手，小王先生每天送來。」

「喲，他那麼空閒。」

「小王他是追求你嗎？」

田蜜也曾經被異性追求，她想一想，「不至於。」

「你嫌他做廚房？」

「我不是那樣的人。」

「田小姐的確不會勢利，田小姐擇友挑人品。」

「謝謝你。」

「小王先生人品好嗎。」

「你懷疑什麼。」

「似乎太熱心一點，也許，他真相中你。」

「你也太閒啦，送食物給消息。」

「不用，她到美國也得吃宿舍飯菜自己洗衣服。」

是，以前，她一個小孩，還得服侍郝日子。

晚上，田蜜感寂寥，回公司開夜工，遇見道德。

她問：「金嗓與雙面可有信息。」

「略講幾句，不外是衣食住行，英雄都怕這幾樣事折磨，據他說：想置前後園子那種獨立屋經濟上不可能，暫住公寓，隔壁一對男女晚晚又吵又打，投訴無效，停車場爭車位，中東人叫金嗓回家，金嗓怎麼肯服小，叫那人回祖國拜阿拉，結果要警察調停。」

「找到工作沒有？」

「本來應徵好工作才遠渡重洋，去到才知公司規模小，每三個月簽一次合同，影響他倆心情。」

「回來吧。」

「一來一回，不見幾籮穀，只得先撐着。」

「他倆註冊否？」

「尚未。」

「那倒還好。」

道德子是道德子，「田蜜，怎好這樣說。」

「我們的智慧，彷彿還不如一個孩子。」

「你是說郝消息吧，她在街上長大，無比機靈，才得存活。」

田蜜在熒幕看當日娛樂新聞：一個小明星穿短得不能再短的運動褲做宣傳活動，擦傷大腿，向記者訴苦，竟然扯高褲管，露出半邊股，「看，都是傷痕，公司要疼我啊！」

記者大喜，鏡頭瞄準，片段熱傳。

小女星真的不怕難為情嗎，不會，她是十三點嗎，恐怕比誰都伶俐，那麼，為何做出該等行為？自然是為着生存。

道德走近，「田蜜，去喝一杯。」

田蜜笑笑搖頭。

「我不吸引你。」

田蜜答：「你是好同事。」

「你喜歡英俊大塊頭，最好比你高大半個頭，有許多吃喝玩樂經驗，具學歷，但不守規矩，懂得討女性歡喜，眼睛會說話，懂得接吻，還有，知道手放在什麼地方女子會得酥軟。」

田蜜哈哈大笑。

「這是嘲弄我吧。」

「我們去吃麵當宵夜。」

「不去小小菜館。」

他們找到一家更小麵檔，只賣牛肉麵，但出奇美味，他們要多一碗，兩人分。

「叫大塊頭看見，一定要揍我。」

「哪有大塊頭？」

「賊一般眉眼那個。」

「道德，你誤會。」

「怎麼會，他看着你的眼神，充滿仰慕，跟着你大江南北那樣巴結，幫你辦喪事，什麼腌臢的事都做，你還不察覺？」

「他是江湖派，與我們學術派作風不同，講義氣。」

「義過頭了吧。」

「所以我很敬重他。」

輪到道德哈哈大笑。

田蜜好奇，「道德，你往英寄宿時幾歲？」

「十二，學會詠春才去。」

「很吃了一點苦吧。」

「男子漢大丈夫，算得什麼，不知多少同學羨慕。」

「可有後悔。」

「不能反悔，不出去走一趟，目光淺窄，沒有見地，不是不敢說話，就是過猶不及，患發言狂，還有，英語無論如何說不好，發音不準，句子某處缺一個動詞之類，最慘的是，中文也不好，水滸傳都不看。」

「那，是一定要留學啦。」

「我沒那麼說。」

「花裙是本地生吧。」

「她在倫敦讀過一年設計專科，學會穿時裝。」

「啊，你在背後說她閒話，你可會愛上她。」

「他們說，如果你要問，那即是不愛。」

「『他們』一定是經驗老到的一群。」

吃完麵，田蜜回家，夜未央，還有許多剩餘時間。

一個人看電視劇。

這是珍奥斯汀最後一部尚未完成小說《森狄頓》，處處都是珍的老本影子：一個孀居老婦，四周圍都是向她討錢的親戚，一個天真美麗貧家少女，不知如何走進大宅做了補習老師，一個英俊驕傲富男，是，達西先生翻版。

這次，她盡量嘗試走出室內，去到狄更斯的倫敦，但是，有誰寫骯髒黑暗的倫敦勝過狄更斯呢，畫蛇添足罷了，又有誰寫可怕殘酷的巴黎勝過雨果呢，幸虧，華人有魯迅。

半夜田蜜才結束書評影評。

找消息，她居然電話不通，奇怪，與誰傾談得那麼有趣。

田蜜找母親說晚安。

一個星期後，田蜜送郝消息赴美。

她也沒有千叮萬囑。

飛機場有個母親抱着女兒不捨，哭得不能歇止，那是正常。

雷震子輕嘆，「就這麼一點緣份。」

王謹言不出聲，看得出他也有感觸。

終於，消息走入候機室，背影窈窕，美少女就是美少女。

雷震子問：「還回來嗎？」

田蜜回答：「暫時不。」

「田小姐，快點結婚，自己生一個。」

「那，也會離開。」

「多沒意思。」

「可不是。」

他們回家。

田蜜說：「王謹言，多謝你這幾個月幾次三番幫忙。」

他笑笑不說話。

雷震子忽然說：「你倆去喝杯茶聊聊天吧。」

田蜜看着她，「你連這些都管。」

雷震子訕訕。

王謹言說：「我知道有個小茶館——」

田蜜一向大方，不知恁地，這次都有點不好意思，坐下喝完一杯熱情花茶，還不知說什麼才好，太久沒約會了，再者，這算是約會嗎。

終於，謹言說：「雷震子有趣。」

「是家中老幫手，年輕無聊，給他們都取了綽號，像武俠小說裏的奔雷手、金毛獅王、鴛鴦刀等。」

「你童年開心嗎？」

「請恕我說一句，相當快活。」

謹言忽然說：「我也是，亦恕我加一句，但我的開心屬於無知，我以為每個孩子生活就是那樣，在沙地打彈子，一毛錢租小人書，吃到冰棒十分雀躍，不刷牙不洗臉就上學，功課不及格當閒事，渾渾噩噩毫無打算，就差沒被一些團體網羅當門生。」

田蜜說：「我也知道，無知其實是值得慶幸的一件事。」

「但，知識是力量。」

「有了能力，又同誰比與誰鬥？」

謹言微笑：「小郭伯說你毫無競爭心這一點最可愛。」

「男子都希望女子笨一點，好招呼，不過，消息是例外。」

「你相信命運？」

「五體投地，你看命數對消息的安排就知道。」

「她已與社會順利融接，如無意外——」

「世上最多是意外。」

「她懂得應付，像一隻貓，靜靜以不變應萬變。」

「貓也會驚嚇，朋友家一隻老貓，忽然躲床底不願出來，一星期之後，朋友發覺牠雙目已盲。」

「啊，我一直未敢養小動物。」

謹言吁出一口氣。

「小郭伯可有聯繫？」

「電訊一開頭便說：『在狗一般的生涯裏……』」

「嘿，他還抱怨，怕是獨身寂寞。」

「你呢，田蜜，你彷彿也沒有社交。」

「被敏明的你看穿，不過，我偕你，難兄難弟。」

謹言笑時還挺好看。

他說：「自問已經過了追求女生年齡，情人節花近萬元送九十九枝玫瑰花這種手段怎麼還過得了自身那一關，那筆款項何不捐宣明會，還有，吃那一套的女生，真的是理想對象？」

「嘩，思路如此清晰，怪不得中年女士越來越多。」

「田蜜，同你說話無顧忌，真好。」

說到這裏，田蜜也大概知道這恐怕也只是個老友記，好不惆悵。

謹言特意帶糕點給雷震子。

取車時過馬路他忽然拉她一下，好大力氣，避過一輛快速冒失車子。

有個男伴還是不錯的。

睡醒上班，消息的飛機還沒到。

花裙說：「我年輕時一到宿舍就忘記向家長報到，被母親諷刺：『飛機那麼慢，個多月等你零用花光才抵埗。』」

田蜜乾笑：「哈哈哈哈哈。」

那天晚上，消息留言：「已向學校報到，校舍古舊優雅，不愧是常春藤一分子，迎新會中與三五名高班生坐一起，數他們臉上痤瘡與近視眼鏡。」

田蜜莞爾，消息是完全投入。

附着一張照片，校舍高牆爬滿常春藤，似聞到那青葱氣息。

謹言仍然十分關心田蜜：「那個可怕的人還有沒有在你活動範圍出現」、「獨身女子進出要小心」、「伯父母身子還好否」，十分溫馨，十足老朋友一個。

他從來不說越禮的話，極少涉足男女之間隱私，也不約會在戲院酒館那種人碰人地方。

一次，與花裙吃完午飯回公司，看到一個少女忘形奔走，差些碰到她倆，原來她跑向年輕男子，跳到他懷中，雙臂摟住他頸，雙腿夾住他腰。

如此放肆，可見在熱戀中。

田蜜忍不住駐足看。

花裙說：「晚節，晚節。」

田蜜笑笑與花裙走開。

「羨慕？沒到一會就分手，從此陌路。」

「開心過一陣子也是好的。」

「你也想跳上去？」

「沒人接住我，摔斷骨頭。」

「那倒是不怕，最恐怖是分手不成，和合也不成，皮不笑肉也不笑那樣吊半輩子。」

「現在沒有那種死要面子活受罪的事啦。」

「花裙，將來我與你合著一本《老獨女回憶》。」

「誰稀罕，將來，一半是老獨身，另一半早離婚。」

「你可有勇氣結兩次婚？」

「一次都沒膽量。」

「上頭聽見這話最高興，最怕女職員動不動結婚去，稍後公司又要揹產假。」

「我們這一行，乾脆就不與職員續約。」

花裙跟田蜜回家吃雷震做的糖醋鯉魚。

剛好消息傳來消息。

一張照片是她在康樂室大排筵席請同學，全中菜，註曰：「全部自煮，十分節省。」

「咦，這不是一碟糖醋魚嗎，魚個子比我們的大。」

雷震說：「都由王先生教會。」

田蜜心一動。

「咦，這一張照片是什麼？一大群同學聚精會神坐一起。」

註解：「聯同計算機系同學黑入鄰校成績表。」

花裙與田蜜相看一眼，「我的天。」

立刻發文：「消息，快停止如此違法行為，你是天才生，為何與科研班混一起。」

文字過來：「因為這個人的緣故。」

誰？影像中一個背影，一頭漂亮長金髮束成尾巴，垂到腰部。

田蜜又吃一驚。

只見那人轉過頭，卻是一小子，面目清秀，十分俊朗，眼神跋扈。

就是這人帶壞消息，但田蜜卻鬆口氣。

「嚓一聲大剪子剪掉馬尾。」

「喲，凱文留這長髮是為捐贈兒童醫院癌症病人。」

「消息，才抵埗三個月——」

「知道，小心自己。」

電腦熄滅。

不要阿姨管。

花裙說：「雷震你非要教我做這尾魚。」

雷震笑，「煮給誰吃。」

田蜜發怔，「你們都瞞我。」

「你也可以參加，我有親眷自澳洲來。」

「其中有未婚男子吧。」

「表姨的兒子，說澳女個個赤足，曬得漆黑，上沙灘無上裝。」

「所以看中你肯穿胸圍。」

「也許，試一試，可能，也許。」

「怪不得不願與我共著獨女回憶錄。」

「誰知道呢，這種事，有一個表姐，去算命，師傅說：『小姐你今年結婚』，那時已經三月，表姐連男朋友也沒有，她訕笑，可是，十月就往溫哥華成婚。」

「我並不想結婚。」

「是，你只想熱戀，太奢望啦——I want to hold you till I die, till we both break down and cry。如此歇斯底里，嚇煞人。」

「你打算穿花裙見表哥，他結領花？」

「田蜜，你越發與我們談不攏。」

可以說不歡而散，田蜜起碼三個月不想約花裙出來。

雷震子問：「回家陪父母說話是一種孝順。」

「沒話可說。」

「怎麼會呢：番茄比蘋果貴、房子可要油漆、寒衣夠穿否、腰骨可有發瘆……都是話題，還有，物價飛漲，不過，樂園之遊可還得進行……」

「是，我竟忘記，旅遊社幾次三番催我取船票。」

「是四張票嗎？」

「不，三張。」

「你獨行？」

「看，真的沒話同你們說。」

取到船票，告一個星期假。

花裙說：「房間第二客人只需付千多元，帶我去。」

「你不是有表哥嗎？」

道德說：「我沒有表兄，可與你爸同房。」

「走走走。」

她一人陪爸媽上船。

同樣在北美洲，她想探望消息。

想是想念，但畢竟少女已開始新生活，不便打擾，況且，非親非故。

船上比想像中熱鬧。

田母要求坐兒童廳午餐，「我喜歡看孩子吃食」，她同船員說。

田蜜也喜歡，小小三兩歲，大抵也知道食物是生命泉源，無論什麼，香腸、肉餅、意粉、蛋糕，都一把狠狠抓住，送到喉嚨深處，狼狽可愛。

有一件事：消息吃東西，也如此熱衷。

有個穿戲裝的年輕男子坐到她身邊，「嗨，我是魅力王子。」

田蜜忍不住笑，「是睡公主的還是白雪公主？」

他的角色身份不容他調笑，只得拍一下自己額角。

「總有個名字吧。」

話還沒説完，仙德瑞拉替他解圍，「所有的公主齊聚東邊大堂與客人合照，一起來吧。」

田蜜問：「木蘭呢，她在何處。」

人家怔住，一會笑着走開。

田蜜一個人逛精品店，看到樂在其中的祖父母、父母與孩子們。

她選一件小飛俠毛衣，拎着去排隊付錢。

一個白髮老太太上前，「這位小姐，對不起，呃，我，你手上毛衣是唯一剩下那件啦，我遲了一步，可否讓給我？」

田蜜笑着把毛衣送進她手。

「謝謝，謝謝你。」

「送給誰呢，是孫子嗎？」

「我自己呀，我才要與彼得潘打交道去永不地為友呢。」

她說完忙着付賬。

田蜜喉嚨嗆住，眼淚湧上，連忙走開。

她坐到大堆米奇老鼠娃娃身邊流淚。

一個五六歲小男孩走近她，「有人傷害你？」

給田蜜一支糖。

田蜜說：「謝謝你，兄弟。」

他拉她手，「不怕，跟我來玩遊戲，那邊。」

田蜜總算明白母親為何要上樂園郵輪。

他倆一起學跳舞，領隊嫌田蜜牛仔褲不好看，給她繫上一條大圓紗裙。

跳到男孩的媽媽把他領回。

老父正與人下棋，抬頭問：「玩得高興嗎？」

她點點頭。

然後，一連幾天都泡在泳池裏，曬得棕黑。

混在人群中，也沒有人發覺她孤獨。

上岸，她跟父母買遊客才會買的東西：土著玩偶、木刻、首飾，又與父母往淘金之旅，老爸要登冰川，被田蜜嚴正拒絕。

田蜜聽到有人對老媽說：「你女兒真孝順。」

老媽卻回答：「唉，我情願她忙自己家務。」

真沒良心。

人之患，沒什麼想什麼。

回程，父母在溫哥華探親，田蜜陪他們吃一頓好得不能再好的小籠包子便回程。

道德問：「沒看極光？」

「不一定有此機遇。」

「沒攀登冰川？」

「沒有艷遇？」

「幾乎跳舞到天明，學會基本華爾滋。」

花裙說：「我就知道我也該去。」

「不早說，來，陪我吃飯。」

田蜜送他倆禮物，各一隻可愛小小銀製愛斯基摩冰屋吊墜。

「現在不叫愛斯基摩，那是客人意思，人家在極地居住數千年，怎麼反而叫客人，現叫印紐民族。」

道德子忍不住正義起來，「白人就是兇悍殘忍，發現新大陸，把土著全部趕走，甚至毒殺——」

「肚子十分餓。」

「田蜜你越來越俗。」

「是，是，白人殖民最罪惡。」

到了小小菜館，不見王謹言，意外。

花裙大喜，「我們去別家。」

員工說：「老闆告一個星期假。」

沒告訴田蜜，不過田蜜去樂園，何嘗知會他。

田蜜覺得空虛，她吃很多。

花裙按住她手，「不能胖。」

「一直節食到七十？」

「當然，健康更重要。」

沒想到道德也説：「男人何嘗不是，人人無端胖得像冰箱，把地球吃光光，百病叢生。」

田蜜喝盡麵湯，「我不縱容自身，誰縱容我。」

「你不自愛，誰來愛你。」

這道德子，真是一句是一句。

花裙説：「我有一件事，要説一説。」

田蜜看着花裙眼神，已經知道，「你也要離開公司。」

道德吃驚。

「這是一門死巷工作，不通往任何地方。」

「你要去何處？」

「到澳洲昆士蘭升學，讀教育，多一門選擇。」

田蜜與道德都摔下筷子。

有聚必有散，天下無不散之筵席。

「那表哥是個理想人才？」

「人還方正，或許可以發展。」

「今日，還有過埠新娘嗎。」

「比你想像中多。」

道德按住田蜜，「人各有志。」

公司聘來新人，讓田蜜指點。

田蜜就是這點可愛，耐心教他們公司規矩、用軟件、注意細節。

三個新人，來到半個月，便走掉兩名，又再聘一人，田蜜做了領班。

一日下班，同事邀酒，田蜜搖頭。

「這麼早回家，不寂寞嗎。」

「我家有八隻貓。」

其實，田蜜不會養貓，再過幾年也不會。

她有許多理由，其中一個：誰先去都很可怕；其二，小動物天生有牠的功能，做人類玩具並非其中之一，相信道德子會認同。

才出公司，嚇一跳，看仔細：「郭伯。」

那老中年轉過身子，笑瞇瞇：「田蜜。」

「郭伯可是找我，為何親身出馬，電話一到我自會現身。」

「還是田蜜可愛。」

田蜜自然地挽住他手，「找我何事？」

「王謹言去了何處？」

田蜜一怔，他還沒回來。

「我不知道。」

「我到小小想喝一杯，老伙計說小王已把飯店頂出，交給朋友打理，一去無蹤。」

這麼奇怪！

「我猜你會知道。」

「郭伯也有猜錯的時候。」

「小王為何要躲老朋友？」

「嚴格來説，我們不是他老友。」

「田蜜，我以為你會有他行蹤，我還心一喜：莫非蜜月去啦。」

田蜜笑出聲，郭伯是老好人。

「這人，説什麼都該通知一聲吧。」

「不想説就不説好了。」

「田蜜你可不要失聯。」

「不會不會，我們繼續喝酒聊天。」

回到家門，發覺又有人等她。

「又是你！」

那人自動退後兩步，舉起雙手，「我沒有惡意，也不是討錢。」

「走開，否則，報警。」

那人退後兩步，「我已改過自新，搬回家住，力圖戒卻一切惡習，我這次來是傳達一個人的信息，我本不想出現——」

管理員如及時雨般出現，「田小姐，對不起，是我疏忽。」

他似趕老鼠似對那人呼喝：「走！走！」

那人丟下一張紙，「見不見隨你，我已傳到消息。」

竟不爭執，轉頭便走。

管理員拾起紙張，「田小姐，你看不看。」

順手想丟到字紙簍。

田蜜伸手接過紙張。

只見紙上寫着大字：「我是安娜基輔即郝消息生父，想知道女兒近況，請好心人與靈糧醫院聯絡病人申健。」

Man！

田蜜低呼，這麼多生父要認回郝消息。

翌晨，她找花裙商量。

花裙比她更吃驚，「田蜜，你不要再管這件事。」

「但是消息——」

「你不欠她，你已盡你所能，她不是一件吉祥物，你與少女的轇轕已告一段落，各奔前程，不要再節外生枝。」

「但是花裙，惻隱之心，人皆有之。」

「誰跌落山坑需要你救，郝消息現在好得很，你別再追究了。」

田蜜不出聲。

「你太空閒，你要養十隻八隻貓寄託心靈，我下個月就走了，真放不下心，田蜜，你越活越回去。」

田蜜吁出一口氣。

「你對郝消息，似癮君子。」

田蜜不再雄辯。

「啊，還有一消息：金嗓已與雙面分手，她轉往加州繼續奮鬥。」

「雙面呢。」

「聽說已回本市，我並無他聯絡號碼。」

田蜜與花裙深深嘆一口氣。

田蜜不甘心，把郭伯約出。

她欺侮他是老朋友，可以對他一訴衷情，而無後顧之憂，郭伯開頭笑瞇瞇，越聽面色越鄭重，叫人斟茶給田蜜解渴。

田蜜說到太陽下山。

「郭伯，請為我分析。」

「田小姐，你要是願意聽我的意見，我就說兩句。」

「洗耳恭聽。」

「那小女孩的事，你就不要理了。」

「這——她還未成年。」

「你再活五十年，智慧機靈還不如今日的她呢。」

「她也有弱點，她會為點點溫情上當。」

「那是你，田蜜。」

「那個給我便條的男人，見還是不見。」

郭伯瞪着她，「田蜜，吃什麼把你吃得如此蠢！」

田蜜訕訕。

「我猜你已控制不住好奇心，不聽任何人勸告，那麼，你約我出來幹什麼。」

田蜜嚅嚅：「陪我一起。」

「你以為每個人都似你吃飽飯沒事做。」

這時田蜜忽然做一個她從未做過的奇怪動作，她坐到郭伯身邊，抓住他手臂輕輕搖動，「懇求你，求求你。」

郭伯也不知怎地，近距離看到田蜜明澄雙目，忽然軟化，原本說一不二的他，竟說：「快別這樣，給人看到不好，答應你就是。」

田蜜笑出聲。

「田小姐，沒想到你還是個潑皮呵。」

他們約好在醫院門口等。

在櫃枱問清楚，才知道那個叫申健的人在懲教署拘留醫務部：「他是囚犯，如果復元，將回監獄服刑。」

田蜜退後一步。

郭伯問她：「你可是還要見他？現在走還來得及。」

田蜜低頭。

「你在心裏同自己說：反正已經來到，是不是？」

田蜜不出聲。

「請問，患的是什麼病，當年為何入獄。」

「請恕我們不能透露。」

這時，身後有人說：「他全身器官衰竭，當年入獄，因為持刀傷人，那人後來死亡，他判了十年。」

田蜜轉身，那人正是傳字條的年輕男子。

「你怎麼會知道那麼多？」

「他與我在獄中同室，三年來無話不說。他不是壞人，當年傷人，因為對方冒犯他懷孕女友，令他無路可走。」

田蜜聽得頭皮發麻。

郭伯問年輕人，「你，你又犯什麼事？」

「我也持刀傷人，不過那人沒死。」

田蜜發覺她雙手簌簌發抖，按都按不住。

「是的，田小姐，這世界分兩層，你在上，我們在下，你現在知道了，請告訴他，他女兒安娜身在何處。」

「我只可以說她生活得相當不錯。」

「是因為你這個好人照顧她吧，一般人見到垃圾堆裏脫皮小老鼠，會尖叫逃跑。」

「你太悲觀。」

「請對他親口講，讓他眼閉。」

訪客簽名後由工作人員領路。

最後一次見郝日子，也在醫院中。

員工推開病房門。

該處有四張床，只有一個病人，他躺在床上，日照他頭頂，不知怎地，映出一個光圈。

田蜜忽然鎮定，逐步走近。

那年輕人趨前，與病人說幾句話，退開。

他開口，「善心小姐，感激你。」

田蜜帶着一張照片，遞給他。

他緩緩接過，一看，吁出一口氣。

田蜜以為那是他最後一口氣，但不，他露出微笑，「同她母親長得一模一樣。」

病人的五官看不清楚，只是一張皺而鬆的皮子蓋在顱骨上。

「照片給我。」

田蜜點點頭。

他也掏出一張照片，交給田蜜。

那是一張小小發黃彩照，裏頭一男一女兩個年輕人，他說得不錯，女子同郝消息一個模樣，而當年那英俊青年便是病人。

照片邊緣上，寫着俄文。

「當年，我們在威海衞相遇，我在那邊打工。」

田蜜點着頭。

「感激你來看我，聽説，你照顧她好幾年，讓她受教育，並送到外國升學，我沒有什麼可以報答你，我身邊連一條繩子也無，我只好祝福你未來生活幸福愉快，暢心如意。」

田蜜點點頭。

「這年輕人，因出言冒犯，怕你不理睬他，請你原諒，沒嚇到你吧。」

田蜜搖頭。

「我的夙願已償，十分安心。」

他閉上眼睛。

田蜜拍攝郝消息父母的照片。

「我們告辭。」

年輕人跟着走出。

田蜜問他：「你想怎樣？」

「介紹工作。」

郭伯這時插口：「把聯絡號碼給我。」

年輕人汗顏。

「記住，世人吃軟不吃硬的多，求人要有求人的樣子。」

他垂着頭去了。

郭伯說田蜜：「看你面孔像白紙。」

「這事，不可讓消息知道。」

「這當然，她已再世為人，一步步登高。」

是的，只要別愛錯人，可望平安無事。

田蜜用雙手大力揉面孔。

郭伯鬆口氣，「總算完成任務，我一生閱人甚多，未見過你這般——」

田蜜給他接上，「愚魯多事的人。」

「正確。」

「想吃飯嗎。」

「何來胃口。」

「看樣子那女孩在美國十分快活。」

「如魚得水，別的天才兒吃苦在內向，她卻異常活潑，活動多多。」

「上天取去一些，也給予一些。」

「她有與你聯絡吧。」

「每日傳一張照片，以及簡單說明。」

「仍叫你咪姨？」

「不錯。」

當晚，消息又傳來相片，頭顱上搭滿小小電極，分明實驗室拿她做實驗：「並無發現任何奇特之處」，她沒有拒絕做白老鼠。

田蜜放假之際，會回家住三兩天，睡到中午，聽幾個電話，吃飯，特多搞作，不是嫌熱水太熱，就是冷水太冷，大聲問梳子、衣服、鞋襪在什麼地方，又嫌菜不好吃。

這樣，老父母才會察覺女兒存在，不枉她回家住一趟。

這當兒，申氏病逝。

那紋身青年到郭伯處工作，長胖一點，脫胎換骨，身上仇恨漸漸隱失，郭伯比田蜜還要心慈。

郭伯問田蜜：「找到沒有？」

「找到誰？沒有，沒找到男朋友，我已不再寄望。」

「我指王謹言。」

「啊，這個人，沒費心力找，故此找不到，很合理。」

「我找到他了。」

「不早說，他不在本地吧。」

「在美國東岸，準備開飯店。」

「這麼奇怪，為什麼不告訴朋友？」

「心虛。」

「他走私漏稅？」

「請看照片，順序，勿打亂，仔細看。」

郭伯手拿一疊已印出照片，田蜜接過，逐張觀看，照片她已看過，是消息傳給她的生活照，但郭伯叫她再看一遍，自有因由。

她不敢怠慢，仔細看背景，那不過是一隻書架，她再加倍細看，只見右手邊有一點點格子襯衫衣袖，本來以為是窗簾，她掀過一張，接着細察，中間仍是消息，那隻衣袖移動了一些，看得更多，是一個男人的襯衫，她再看下一張，衣袖又顯露更多，田蜜看出苗頭，那男子側影雖然模糊不對焦，可是半邊鼻子，田蜜認出這個人。

他是王謹言。

手一鬆，照片落桌子上。

她不是笨人，一加一，二加二，答案緩緩出現。

她錯愕過度，說不出話。

原來，王謹言身在美國，他就站在消息身邊。

他們兩人都瞞她。

「照片是她轉載給我，我回家仔細看出究竟，我原以為你一早已察覺底細，然後一想，不對，明明知道而佯裝不知，那是多大的容忍與能耐，需要極高智慧，田小姐，那不是你，你是一個膚淺好勝的人，你並做不到，故此我的結論是：你真不知王謹言已經去到郝消息身邊，並且，不打算回來，他已決定在那邊開店。」

這時，田蜜已經氣炸肺。

「王謹言利用我，他不是君子！」

「你粗心沒看出而已，他巴巴放下生意陪你往大同，我也以為他討好追求你，誰知對象不是你，郝消息赴美，他出多少人力物力，我也以為他愛屋及烏，及知他神秘失蹤，我才知他瞞過你與我，田蜜，世上何來君子。」

「為什麼。」

「因為郝消息明年才得十六歲。」

「啊。」

兩人都頹然。

王謹言要等到郝消息十八歲，故此行動詭秘。

田蜜斷言：「他會失望。」

「當然，明眼人都看出，郝消息比他聰明百倍，他碰到人精，他怎麼會得到好處，他不過是郝消息另一個台階，一個廚子，我想不。」

田蜜掩住胸口，「廚子也是很好的職業。」

「郝消息不那麼想。」

「她不過是一個孩子。」

「她天賦異稟，一級級上去。」

「那要到什麼時候？」

「不要怕，十六至廿六，還有十年光景，之後，美貌漸褪，前程就告結束，田蜜，這種女孩，社會上車載斗量，不過當然，郝消息是其中佼佼者。」

「你該提醒我，不應讓我傻乎乎當王謹言是朋友。」

「我也沒想到呀。」

「胡說，你就是要看我瞎起勁。」

「你始終幫到郝消息。」

「他們利用我。」

「你又沒看上小王，不致傷心。」

「他們還是利用了我，這王奸。」

小郭伯哈哈笑，「君子忽成奸徒，你的確似一腳踏空，田蜜，不經一事，不長一智，這世界的確叫人失望可是，不是互騙，就是互利，我一個朋友，著名的衛斯理先生，他說，逢是被騙的人，當初都想騙人。」

「咄，我何曾騙王奸什麼。」

「嘿，你叫他奔來跑去，當一隻卒差使，你以為我看不出？」

田蜜一想，忽然消氣，大笑起來，但隨即又說：「消息也瞞着我。」

「皮影戲，別拆穿那層紙，否則你就再也收不到少女的信息。」

可悲。

「我不稀罕。」

「那你倆就各奔前程好了。」

是田蜜自討沒趣。

她對雷震子說：「無仇報。」

雷震子不語，她下個陽春麵給田蜜。

「那孩子終歸會碰到山外山，強中手。」

田蜜答：「那已不關我們的事。」

「其實，也不是神不知鬼不覺，我也略看到一些蛛絲馬跡。」

「但你也沒提醒我。」

「我不知小王是神經漢，竟把感情前途作那樣冒險投資。」

「你不看好。」

雷震子笑：「我希望他成功。」

但是，小王他自己看不清。
為此，田蜜沮喪頗久。
個多月不與消息聯絡。
田蜜自覺落魄。
每每伸出友誼之手，反而遭到掌摑。
激辣辣，一邊面紅腫久久不退，不好過。
然而生活中也不是沒有事情發生。
花裙終於提着行李往澳洲覓前程。
道德鼻子都紅，花裙指點：「那個穿白襯衫的新女生有氣質。」
道德：「不開心馬上回家，不要死撐。」
「我何來本事去了又回，來了又走。」
他們送完飛機回公司，在接待處看到一個既熟悉又陌生的人。
金嗓子。
田蜜迎上，毫不露芥蒂，「辦公室不好說話，我倆已經告了整個上午假，只能下班才見面。」

金嗓當然知道規矩，「我在大門口等你下班。」

田蜜無奈，只得點頭。

道德冷笑，「回來了。」

「我們不做落井下石這種事。」

「那你去應酬她。」

下班，在門口，便被金嗓拉住。

「讓我到你家住一兩天。」

「我家不巧剛有客人。」

「你推搪我。」

「我娘家裝修正招待父母，不信，你可以視察。」

「呸，我已窘逼。」

「胡說，你有父母兄弟姐妹。」

「我回來已一個月，他們把我當球踢，叫我知難而退，我不怪人，只怪自己不爭氣，投親靠友，惹人厭憎，如此一個老小姐，要是讓她覺得舒服，住着不走，那可怎麼辦，故此由一家蹭到另一家。」

「你且租房子住吧。」

「向你借貸。」

「多少。」

「五萬。」

「我何來那麼多現金，你又不是不知我們一樣脾氣，月月清，三萬如何？」

田蜜立刻開支票。

「我要用到月底。」

「金嗓，我也要用到月底。」

「為何不見道德？」

「他避開你。」

金嗓咬牙切齒，「有一日我東山再起，叫他乘飛機來求我見面。」

對，叫他一手提頭，跪拜着來。

「唉，說這種話幹什麼呢，趕快找新工作吧。」

「連面試機會也無。」

田蜜無奈，不想久留，只說有事，道別。

請客容易送客難，這下子她可明白了。

誰比誰更聰明呢，都不過是吃得虧多，付足學費學得的乖。

回到家，雷震子表示要還鄉。

「當心別人騙你的錢。」

「世上都是騙子。」

「當然是。」

「我替你準備一些菜放冰箱，你將就着吃吧。」

田蜜想到當年郝日子來寄居，住一陣失蹤，丟下消息，「她像一隻貓，不礙事」，小孩為着生存，比一隻貓還靜。

田蜜傷感，在熒屏上做設計，忽然看到消息有電訊。

「咪姨，是否工作忙，好久沒收到你消息。」

不覺有半年了。

「咪姨，我鄭重介紹我的男朋友給你認識。」

啊，終於下定決心，從實招供。

大頭照片打出。

田蜜睜大眼，那是另一個英俊年輕小子，劍眉星目，笑容可掬，一手搭着消息肩膀，金童玉女般。

「他叫吳昆，理工學生，家族是新加坡置地。」

田蜜發獃，那長金髮男同學呢。

「咪姨，吳很照顧我，暑假，我們回來看你可好，想你啊。」

消息說的，不知是真的假話，還是假的真話。

田蜜只說：「再講吧。」

哈，騙人的王奸，終於遭人所騙。

開頭是想張口大笑，隨即垂頭悲哀。

王謹言自作聰明，放棄本市赴美緊盯郝消息，卻被滑不溜手的少女吃一記悶棍。

隔幾天才把好消息告訴小郭伯。

小郭伯深嘆，「此乃不知己不知彼也。」

「沒想到這麼快。」

「對於少女來說，一年不是短日子。」

「王奸怎麼辦。」

「你開心嗎。」

「不。」

「來，嚐嚐這甲魚湯。」

田蜜生氣，「您老都一百歲，還補什麼補。」

小郭伯：「哈，拿我出氣，下次不見你。」

天氣漸暖，田蜜置若干白色新衣，順便給父母也添一些。

老媽說：「還是女兒好，兒子只曉得老婆大人。」

「那也是應該的，妻子打扮如丐婦，難為情。」
「可是，穿着這些新衣往何處呢。」
「在家坐，歡喜時坐得直一點。」
「女兒你的哲理越來越奇特。」
她自己穿着白衣白褲在家看書，金嗓上門還錢。
真沒想到，有借有還，再借不難。
田蜜也不客氣，收下，「找到工作？」
「轉了行，在銀行做設計，剛好準備發行新鈔，有表現，獲讚賞。」
「真金不怕洪爐火。」
「田蜜，你真聰明，以不變應萬變，逍遙自在盡其本步游於自得之場，安安穩穩，開心過日子。」
「哪裏有你說得那麼好，慚愧，我不知奮進為何物，社會人人似我沒進步。」
「聽，聽，太謙虛矣，瞧我們，無頭蒼蠅般團團轉，一年搭十次八次飛機，結果得到什麼。」

「履歷。」

「鐵鞋踏穿，勞民傷財，本來，辛苦積蓄已可付小公寓首期，現在——」

「凡事從頭起。」

「感激你鼓勵，我要向你致歉，從前，我認為你扮蠢，藏私，誰知你真正愚鈍，在一個專職投機社會，連股票都沒買過。」

「喂喂喂。」

金嗓經此歷劫，臉容蒼老不少，尤其笑起之際，眼角與嘴邊細細皺紋，像一種叫富充妮的意大利名貴古董打摺衣料，而且，笑意也很浮。

難怪人們不喜見倒運之人，愁眉苦臉，的確難看。

「為什麼盯着我看？」

田蜜連忙答：「你口紅顏色很鮮。」

她的花言巧語也漸漸信手拈來。

道德說：「金嗓找過我，我只推沒空，還有，雙面也回轉，竹籃子打水，一場空。」

「我不明白，許多移民都可以生存甚至安居樂業，他倆為什麼不行。」

「不能吃苦。」

「苦嗎。」

「人生地疏，許多不習慣之處，想起過去種種繁華欲哭無淚。」

「他們也不過像我等小職員，過往有何榮譽可言。」

「怎麼沒有：走進服裝店有人叫田小姐，上班坐下有小明斟茶遞水，與上司幾乎平起平坐，每條巷每條弄都熟悉萬分……」

「那麼，為何要去異鄉？」

「唏，嚮往金山銀山呀。」

不知從何時開始，道德笑得似烏鴉叫，一定是生活折磨人。

暑假，消息真回來了。

與她咪姨一樣，一身白，一大一小，衣袂飄飄，煞是好看。

獨獨是她，外國生活再舒暢沒有。

長高許多，已比田蜜還高。

她前來擁抱，「咪姨，我明年畢業，升讀碩士。」

田蜜點頭，她沒叫她失望。

「我已回去見過校長，她很高興，安排我回校演説。」

田蜜微笑，「你是招牌貨。」

消息深呼吸一下，「這城市變了許多。」

「你也越來越漂亮。」

「咪姨打趣我。」

「你在何處落腳？」

「我曾説過，有個朋友叫吳昆，他家有公寓在玉蘭路。」

「啊，是好地方。」

「咪姨，為何語氣生疏。」

「到底許久不見，現在你是大人矣。」

田蜜忍不住撫摸少女黑絲緞般長髮。

消息把臉埋在她手心，「各人好嗎？」

「都還好。」

「咪姨，你為何還沒有男伴。」

「已過冒險日子。」

「胡說。」

她倆在茶座，你別說，走過客人都回頭張望。

有一首民謠是這樣的：在那遙遠的地方，有位好姑娘，人們走過她的帳房，都要回頭留戀地張望……

茶座輕輕播一首西洋歌曲：在伊帕內瑪沙灘，那女郎走過，人們都會說「呀」……

形容的，都是同一件事。

田蜜終於輕輕說：「有一個人，叫王謹言。」

消息頭一側，像是要把那名字自腦海深處重新發掘出來一般，「啊，

那王大哥——」忽然笑不可仰，「呵呵呵呵呵。」

有何可笑。

「咪姨，他到麻省開分店，說要大展鴻圖，才六個月，就知道生意難做，每日才三兩枱客人，吃一碗麵坐半天，為節省成本，他提出讓我幫他做女侍，我抽不出空，他竟然生氣。」

田蜜不出聲。

「這大哥真是，後來，我不願意見他，他到校門口等我，低頭道歉，向我求婚。」

田蜜嘆氣，正以為他已經夠衰，誰知轉為全黑。

消息說下去：「我詫異得開不了口，他拉住我手不放，同學見到一個生面人與我糾纏，趕上干涉，把他推跌地上，他站起奔逃，好好一個王大哥，怎會變成這樣。」

田蜜也發獃。

此一時也彼一時也。

他走錯一步。

「哈哈哈，求婚，那是什麼地方來的主意，我才十七歲，怎麼可以簽署結婚，他可是想入美籍？」

少女笑聲忽然不再悅耳，雪白面孔殘酷猙獰。

田蜜這樣說：「消息，得意不可忘形。」

「是，是，咪姨，你說得對，但看到一個中年人如此狼狽，我沒收斂得住。」

此人咎由自取，機關算盡，卻得此下場。

「咪姨，我一直以為他追求你、討好你。」

田蜜答：「大家有點誤會。」

「咪姨，一起吃飯，我介紹吳昆給你認識。」

「你們年輕，我摻和不上，過幾日我往大同掃墓，你要一起嗎？」

消息一絲遲疑也無，「我不去了。」

「那是你媽媽。」

「咪姨，你也知道，我不認識我真正生母。」

田蜜原本還想出示她父母舊照，一想，恍然大悟，不禁也笑，「你說得對，那麼，祝你學業順利，凡事如意。」

「咪姨，你語氣越來越生分。」

「沒有，你想多了，我永遠愛你。」

「我也是。」

她們擁抱，消息一直輕拍咪姨肩膀。

真好，郝消息終於不必再像一隻貓。

她們平和道別。

心情當然不平穩，田蜜變得更加沉默。

一日下班返家，雷震子前來開門。

哎，她回來了。

「回鄉之旅愉快否？」

她的苦水泉湧。

「什麼故鄉，已變得像他鄉，到處高樓大廈，市中心六條行車線公路，舊居拆空，表兄弟姐妹打扮光鮮，都是旅遊專家，遠至希臘都去過，比我時髦百倍，問我家裏有幾個保母，答曰我便是一位小姐的保母，他們竟譏笑我：『怪不得你手背都是老青筋』，嘿，我只得停止派送禮物，自慚形穢呢。」

田蜜答：「哈哈哈。」

「啊對，郝消息那孩子來過一次，我見到她了。」

「什麼時候？」

「我才從車站回到家，她便帶着男朋友敲門。」

田蜜一怔。

「我以為她專程探訪田小姐，誰知她說特意看我，對我深深一鞠躬，多謝我多年照顧，給一個大紅包。」

田蜜瞠目結舌。

「我沒敢收，要問過田小姐。」

「她何來金錢。」

「我也不知，還有一盒禮物，是給你的呢。」

雷震取出一隻四方小盒，一看就知道是首飾。

「這麼客氣。」

「她是一個知好歹的孩子。」

也不過獨對她倆另眼相看。

田蜜把消息遺棄王謹言過程說出。

「啊，這麼厲害。」

消息不止聰敏，簡直奸詐。

「不過該死，那王某竟有變童癖。」

「早應報警。」

「田小姐，知人口面不知心。」

田蜜把禮物盒子拆開，是一隻白金叫 Sky Dweller 的蠔式錶，田蜜記得她說過：這是唯一她願意佩戴手錶。

消息記住了。

她什麼都記得。

「那個男朋友英俊如電影明星，不過，略為浮躁，唉，世上哪有十全十美的人。」

「説得好。」

「禮物可要退回去？」

「卻之不恭，推來推去不成體統，暫時收着。」

「我那紅包呢。」

「你受之無愧。」

主僕倆長長嘆口氣。

一日下班，駛經小小菜館，田蜜不禁張望一下。

物是人非。

她忍不住在橫巷停好車，輕輕推門進去。

正好是午飯與晚餐中間空檔，店裏只有一桌情侶。

老伙計還認得她，「唷，田小姐是老客人，好久不見，倒屣相迎。」

「怎麼可以對女客說老。」

「對不起對不起，田小姐大人有大量。」

「有什麼好吃的？」

「炒櫻桃可好。」

「櫻桃怎麼炒？」

「那其實是田雞腿，極鮮嫩。」

「你的耳朵也鮮嫩。」

「那麼，做個貓耳朵。」

「我這就報警。」

「田小姐，那其實是麵疙瘩，像意大利粉。」

田蜜只得苦笑。

「田小姐可是來探訪王老闆。」

田蜜一怔，他回來了？

「王老闆現在任主廚，老客人都很高興。」

都回轉。

月是故鄉明。

「他上班時間快到。」

田蜜很少做如此不大方的事，「我忽然想起有事，我不吃耳朵了。」

「哎唷，田小姐，小的什麼地方得罪你——」

田蜜擱下小費拉開門就走，不料王謹言恰好進來。

田蜜只得打招呼：「回來了。」

他說：「可不是，從東主變伙計，十分輕鬆。」

他既瘦又黑，在街上可能認不出，最奇怪是，個子似小了一號，縮水。

「請坐，找我可是有事？」

田蜜只得坐下。

「各人可好？」

「都還過得去。」

再過五分鐘，「對不起，我想起還有事。」

「對不起，田蜜。」

「沒事沒事。」田蜜擠出笑臉。

她無意圖清算他。

受辱的人假使否認上過當，那麼，那騙子也不好承認，事情就此過去，兩忘，善哉善哉。

「我不該有所隱瞞。」

「剖心剖肺，只有尷尬可是，喂，伙計，老客人的麵呢。」

麵上來，田蜜索咯索咯吃光，「我走啦。」

王謹言送到門口。

「田蜜，還是朋友嗎？」

田蜜這樣說：「麵有點糊，注意。」

她像逃難似回到車上。

那不過是一名辜負她誠意的朋友，她尚且如此難受，不要說是失戀者遇見前頭人了。

為什麼要返回小小菜館?也許是為着生活。

有結果嗎。

她想不。

每個人的路都得一直走下去,到生兒育女,子又生孫,孫又生子。

不久,上司退休,田蜜升職。

她聘許多新人,加國著名薜萊頓美術學院畢業的專門人才首先錄用。

下班一起看英製作甘寶動畫笑得翻倒。

「不可說出去,其餘的,也不過是力高動畫罷了。」

田蜜壽辰。

同事送四十枝各色牡丹花。

雷震子做了壽麵送到公司給各同事。

還有數十隻香甜定勝糕。

雙面、花裙、金嗓與道德各有禮物。

還有，當然，那個叫郝消息的孩子。

她送足金打成福祿壽三星，每隻足一呎高，誇張。

小郭伯來電，「田蜜，終於成老大姐啦你。」

「謝謝你。」

「田蜜，到街上，買一本時辰週刊。」

「亞洲版還是美洲版？」

「世界版。」

「為什麼？」

「看後即明，祝你早日找到——」

「行了行了。」

傍晚，下班，在報攤找不到那本時辰週刊，只得往書店，一拿到手，怔住。

她看牢封面作不了聲。

電話響，母親催她回家吃壽麵。

她把週刊捲起夾在腋下，隔一會取出翻閱。

不錯，封面確是郝消息。

她用的中文拼音名字。

標題：年輕天才生物醫學學家研發嶄新驗血儀器，一滴血三分鐘驗明三十種疾病，不日將大量生產，肯定明年諾獎得主。

到家，田蜜還糊塗。

郝消息這一下可真攀上天頂。

到家，表情異樣，坐下便吃麵。

忽然胃脹，坐下，要求喝普洱茶。

小郭伯聲音隨即跟至。

「看到沒有？」

「這是真的嗎？」

「當然真，由著名利利藥廠出面資助，美前副總統背書，廠後有華爾街財團支撐，你仔細讀內容。」

「郭伯，怎麼可能。」

「驚世之舉。」

「郭伯，當一件事好得不像真的，它大概不是真的。」

「你妒忌。」

「郭伯，出來談。」

「三十分鐘後小小菜館見。」

「不去小小。」

「啊，你知道他回來了。」

「請到舍下一談。」

田蜜對父母說：「我還有事。」

父親取出一枚玉器，造型十分可愛，是一隻白玉雕胖胖嬰兒。

田蜜哈哈大笑，掛脖子上回家。

她趁空檔讀完六大頁專題報道。

特稿把郝消息捧到天上。

許多細節都鄭重保密。

一張郝消息的整頁彩色照片，把她拍得像天女：雪白皎潔面孔，雙目綻出晶光，穿黑色樽領毛衣，黑色長褲，淡妝，不戴飾物，像在說：「我是科學發明家，中性，專注工作奮進，心無旁騖，以成績示人。」層次與眾不同。

小郭伯到。

田蜜已把那篇報道做了摘要。

她斟茶給郭伯。

「怎樣。」

田蜜回答：「不可思議。」

她把摘要遞給郭伯。

一：位於矽谷實驗室規模設備似美宇航署，幾十名工作人員全部穿生化衣從頭包到腳，忙碌穿插崗位，郝消息站在前方，雙臂繞在胸前作領導狀。

田蜜說：「她已擁有財宏勢厚的後台。」

二、與她合照的幾名白髮老翁，一個是德高望重前聯邦儲備局局長，另一個是諾獎化學得主，還有一個，是國際ＩＭＦ前任主席，不約而同對記者說：「我們對郝小姐研發具無限信心。」

三：已決定與全球各大藥廠，像利利、費沙、韋伯等聯絡合作。

最後，由郝消息展示儀器初模，是一隻長方形約一立方尺金屬盒子，前端有一信箱般進口，把血板輸入，不消片刻，結論在盒子上端輸出。

記者問：「尚無製成品，可以招股嗎？」

郝消息淡淡答：「你們為何不問蘋果？他們也招股先進製造。」

郭伯忍不住跳起：「好傢伙！」

嘩、嘩、嘩。

「田蜜，你怎麼看。」

田蜜怔半晌，「我一個小老百姓能怎麼想，倘若是真的，那真是造福人群。」

「假使是真的。」

「沒有憑據說它是假的。」

「田蜜，你沒看出這是最大的龐氏騙局。」

「做得如此大——」

「當然要假大空。」

「您老的法眼不看好。」

「一隻小盒子，可以解決抽血痛苦煩擾？」

「一枚扁扁筆記本子，可以當電腦與攝影機同千里以外的人對話，世界已經進入科幻境界。」

「我只擔心郝消息，他們把她推到前方做炮灰。」

「是發言人。」

「有何差錯，由她負責，這一年來她不知簽署了多少文件。」

「終於成年，這孩子享受合法年齡。」

最後，郝消息鳴謝母校德齡中學與大學，以及，她生命中最重要人物，她的姨母田蜜女士。

郭伯說：「她沒有忘記你，她有良知。」

「她只是這間奮進化工的木偶。」

「竟可以做得如此大！」

「往火星的飛機票已經售罄。」

「天，我日出而作，日入而息，簡直不能理解。」

郭伯敲田蜜的頭，「根本就是笨，哈哈哈。」

「消息為何單單嗚謝我。」

「因為你無償地善待她，而別人，都一早已得到報酬。」

她一個孤女，如何報答那些人，包括郝日子？田蜜不寒而慄。

「田蜜，你已等到結局，以後，繼續你的逍遙生活吧。」

「已到結局了嗎。」

「已與你沒有關係，請勿管閒事，那層面已非你我可以了解。」

當晚，田蜜睡不着。

但郝消息那張封面並沒引起議論，一星期一本週刊，管它用什麼文字，

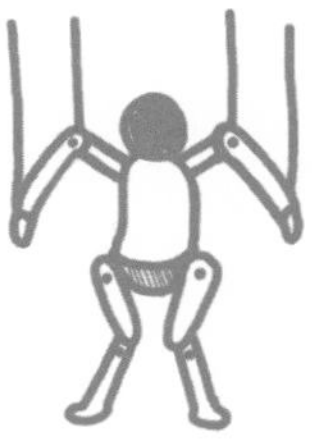

事不關己，己不勞心，也不過是郭伯與田蜜注意。

消息的電訊中斷，也是意料中事。

對田蜜這種無為主義的人來說，歲月靜好乃最大追求。

道德結交新女友，鄭重叫田蜜幫眼。

要別人相幫，即還不致愛得昏迷程度，否則，親爹親娘看不順眼也無用。

為免那位小姐多心，田蜜多請一位女同事一起。

那少女面貌明媚，有一股清新氣息，當然，有點天真，不過不怕，三兩年後，看清世界真面目，便會沉澱，她談着到溫哥華旅行經歷。

道德輕輕說：「往溫埠不算旅行。」

「咦，我有乘搭飛機呀。」

大家笑不可仰，馬上歡迎她加入隊伍。

事後，道德問：「怎麼樣？」

「你真夠運。」

那女孩家世中上，父母一早已為她準備下嫁妝。

不久，花裙也傳來好消息。

「是那表哥嗎？」

「不是，是我公司的老闆，已結過一次婚，有兩個兒子。」

「愛他嗎？」

「非常尊敬他。」

「足夠嗎？」

「對於有流浪恐懼的我，已經足夠，並且感到幸福。」

「祝你快樂。」

「會來觀禮嗎？」

「對不起，恕我有心無力，我會送禮。」

「祝福已是最好禮物，不必破費，你呢，田蜜。」

「我終於打算養十隻鸚鵡以解寂寥。」

花裙笑得聲振屋瓦。

田蜜並不羨慕她。

兩個兒子的父親！

金嗓卻說：「我打算觀禮，婚禮上最多王老五。」

「街上更多。」

「我替你帶禮物過去。」

「我有一隻精工雕刻嬰兒玉佩，加一條百子被，差不多了，你記得帶多副太陽眼鏡，那邊太陽甚烈。」

「一起去走走嘛。」

「我孵老窩。」

「田蜜，也許你做法正確。」

「我也希望是。」

花裙那兩子之父環境似乎不錯，夠禮數，立刻寄一張來回飛機票給金嗓。

這時，田蜜在本行有點名聲，國內外都有人挖角。

道德說：「帶我一起。」

「去儲物室？我不打算動。」

「田蜜，人家機動公司的儀器像飛碟內部一般精細，叫我驚艷得退後三步。」

「什麼設備，我們申請照置。」

「三部連接一起的電腦控制攝影機，當場攝錄，動畫影像置入一次便夠。」

「設計者是誰呢，還不是人腦，等器材會得舉一反三之際，才驚艷未遲。」

「老耽一間公司沒前途。」

「那你去芝加哥吧，我們本來是美國公司。」

「不動如山。」

田蜜微笑，「孫子兵法中最重要的風林火山四法。」

「還有兵不厭詐呢，你老騙我，我不放過你。」

話才說完，芝加哥便請田蜜過去觀察一個星期。

她不想動也不行。

老媽擔心，「那邊盜賊如毛。」

田蜜笑得伸不直腰。

那邊的老總是個年輕男子，相當驕傲，但也不致在今日還小覷華裔。

田蜜觀察兩日，發覺他手下員工輪流遲到早退，放病假事假，三十手下，只得十八人上班，如此效率，驚人。

田蜜不出聲。

開會，眾人吊兒郎當，無論上午下午當中擺一盤圓圈餅，吃得一桌餅屑。

田蜜主持那次，把全部甜餅倒入廢紙箱，一腳踢開。

他們吃驚，有人悄悄說：「少林功夫。」

田蜜回答：「不，是峨嵋手法。」

大家靜下，聽她款款安排公司目前手上五個項目的進展期限，誰負責什麼，一清二楚，不得聘請臨時工，不得借助分公司之力，每三個月簽一次合約。

有人抗議：「這是奴隸制度。」

「不，這是資本主義。」

那驕傲的年輕人五體投地。

「蜜姐，你真厲害，從何處學來？」

「我是社會大學博士後研究生。」

「可以請你喝上一杯嗎。」

「我還有你家去年一年工作報告要讀。」

「應該由總部管理分部業績才是，為何剛相反。」

「Special talent, special rules。」

「洗耳恭聽。」

田蜜在會議室把報告統統攤開，逐步審閱，把躲懶、不足之處，失去的合約全部列出。

「怎麼會丟失頺頓公司的戶口？」

「他們挑剔不夠生動。」

「後來判給誰？」

「不知道。」

「噫，怎可不聞不問，知己知彼百戰百勝，把你助手叫來，即刻查清楚。」

「已經下班。」

「二十分鐘不到，以後不必來。」

「我來做。」

他立刻查探，「沒有，頻頓一直沒找到另一家公司，計劃擱置三個月之久。」

「明早把原稿底片取出再做一次送上，賠禮道歉，務求再得合約。」

他怪叫：「至於這樣屈膝嗎？」

「跪下都要。」

「馬上叫手下自派對回來做準備。」

他忽然開竅，即發電郵。

那組五個員工，只來了三名。

田蜜金睛火眼，把過去後期工作看一次。

她示範如何改良。

「原來A與E之間發音嘴角可以多做一個動作。」

「把角色眉毛稍作彈跳，表示驚訝。」

「多好幾倍工夫，地板輕微震動，顯示有事情發生。」

「照着做一場，給頻頓送去。」

他們不出聲。

「願不願意？」

他們毅然點頭，「確實不一樣，辛苦也值得。」

「還等什麼？要吃誰家甜圈餅，我去買。」

年輕人跟她出去。

「我以為已經不流行軟硬兼施這種辦公室手法。」

「是早已淘汰，但他們也希望進步。」

等甜餅咖啡送到，其餘兩位員工也已趕到。

三十六個小時只放他們輪流回家睡兩三小時，身上有氣味，而田蜜，索性躺會客室沙發，偶然起來滴眼藥水。

那小子說：「大姐，你再看一看，下午送往頻頓。」

「不用再看，要送到頻頓本人桌上。」

「明白。」

別組的人員也陸續上班。

田蜜一直等到頻頓公司回應：「完全滿意是次示範，新合約隨即傳上。」

田蜜鬆弛，忽覺雙臂雙腿酥軟，到底不是十八廿二，或是廿八、三十二了。

她說：「我下班啦。」

「大姐，留下，陪我們。」

「芝加哥似大風坳，謝謝。」

「你星期一才返，我們陪你參觀本市。」

「這樣吧，可要把其他紕漏也給我看看。」

「你先休息一宵，我們懂得舉一反三。」

田蜜這才想起忘記向父母報到。

老媽又說：「這架飛機恁地慢，飛足三日三夜才抵埗。」

田蜜只是賠笑。

「替我帶幾件價廉物美的呢大衣。」

世上哪有價廉而物美的事物，終於她還是挑兩件名貴牌子。

那小子問田蜜：「你獨身，你可接受追求。」

「我是單身，但不接受追求。」

「為什麼。」

「怕麻煩。」

「是吃過虧嗎？」

「男子，泰半天生心狠手辣，不諳善待女性，我觀察所得，你們通常壞脾氣、自以為是、自私、不識好歹，很會傷人。」

「你寂寞否。」

「有時，但可以控制。」
「田小姐，你不給我機會。」
「你是人才，何需機會。」
「我很少失敗的呢。」
「我猜想是，你身段魁梧，腦子靈活，討女性歡喜。」
「但是，不能約會嗎？」
「明晨請送我往飛機場。」
同事都來了，與田蜜擁抱道別。
他們把田蜜飛機票提升到頭等，確是最佳禮物。
鄰座是兩父女，父親是端莊中年漢，女兒長得標致，可是哭得雙目紅腫，當然不是因為功課。
田蜜不敢管閒事，閉目養神。
只聽得那為父的不住教訓女兒：任性、刁蠻、不長腦子、辜負父母、忤逆、離經叛道……

而女兒控訴父親自私、種族歧視、控制狂、不尊重子女選擇。

再聽下去，原來女兒與一印度籍男同學產生感情，老父聞訊，親自出門押解女兒回家。

女兒說：「明年我一滿十八歲便離家出走。」

且莫管是印籍或非籍男友，動輒忘卻父母養育之恩真是離譜。

田蜜冷笑一聲。

做父親的發覺身邊坐着幫手，「這位小姐，你評評理。」

田蜜用毯子罩住頭，輕輕說：「小妹妹，父母也不容易，你如此年輕，認識那人才多久，為何倉猝與爸媽對着幹，不要講令父母傷心的話或做不能挽回的事。」

那父親忽然感動，老淚縱橫。

「你那所謂男友，這早晚恐怕已經另結新歡，你別鬧彆扭啦。」

「……沒有一點自主權。」

「畢業後找到工作，有正常入息，才找對象，屆時選擇範圍寬廣。」

「這位小姐，謝謝你仗義執言，為何遮住容顏。」

「我怕你女兒認清我五官找人打我。」

他們父女忍不住笑出聲。

事情擺平？當然不，但田蜜總算在飛機艙行了一善。

道德來接飛機，「那邊如何？」

「懶散而已。」

「他們天性如此。」

「不過，怎樣解釋他們各行各業的瘋狂努力天才呢。」

「他們真是奇怪的民族，由來自五湖四海各國人種組成，各展其才，你可有遇到歧視。」

「據我所知，工作人員只要能夠達成目標，綠色火星人也不介意。」

道德似乎放下心事。

田蜜聰敏，「你也打算走。」

「女友娘家在溫埠。」

田蜜詛咒：「去了又回來打斷你腿。」

伊們像走馬燈，團團轉，不，團團鑽。

道德又問：「移民英國如何，我等英語流利。」

「想都不要想。」

「喂，把理由說一下。」

「不說，那即等於數落別國，沒禮貌。」

「現在，你變道德子。」

「我倆考慮體驗西化豐富文化。」

田蜜不再搭腔。

她一直留意郝消息報道：研究進行如火如荼、成品最快年底面世、各界投資紛紛趕至……

其實已經推遲一年。

田蜜冷眼靜觀其變。

世事變幻如雲捲雲飛。

然後，又有報道：驗血儀有極大紕漏，參加試驗藥廠對產品有微言：十五分鐘只測到一種疾病，與現存測試器並無區別。

啊。

——廠房激辯正在改良中，第二代產品必可達標。

有關報道字體與篇幅越來越小。

歷來一百項新產品中有九十九種失敗。

創業失敗是最普通的事。

但，這是郝消息通往天庭之路。

到年底，報道更加嚴峻：各路藥廠及投資者已考慮要求廠方作出賠償，及公開交代研發過程，聯邦偵探已密切注意郝消息這個牌子。

郝消息的形象由天跌到坑，上主不再寵愛她。

她在這時試圖與田蜜聯絡。

小郭伯建議，田蜜把多年所用電訊號碼更改，公司電話全接給助手。

小郭伯說：「怎麼看都幫不上。」

「那就說無能為力吧。」

「不行，不能小覷該名女子的魔力。」

「她找上門呢。」

「她正被美國調查，不能離境。」

「可否閱她信件。」

小郭伯生氣，「你這人是怎麼了？不如跟我去吃喜酒沖沖喜。」

「誰辦喜事？」

是王謹言，在小小菜館連續三天擺十餘桌。

小郭伯與田蜜吃頭圍。

菜式以一般海鮮為主，據說是新娘子意思，不設魚翅，田蜜頓表好感。

一對新人上前敬酒。

王謹言這樣介紹：「田小姐是我最尊敬朋友。」

田蜜想到與他一起赴大同辦事經過，不禁黯然，只借乾杯掩飾。

那女子平頭整面，一看便知是實幹女，她也是個廚子，與王謹言夫唱婦隨。

新娘身上照例掛滿金飾，手鐲戴不完，索性用繩子串起掛胸前。端的喜氣洋洋。

散席，走路上，郭伯說：「世上也不是沒有開心事。」

田蜜點頭。

小郭伯又說：「郝消息因詐騙罪成判入獄三年，現正上訴。」

不！田蜜整顆心沉到腳底。

「其他管理層人等，判一至十年不等。」

田蜜沉默。

「因她年輕，無犯罪紀錄，又明顯遭人唆擺利用，算是輕判。」

這三年——

「她可以在獄中讀書。」

「她有異一般罪犯，她可以教學。」

「可以探望否？」

「千萬不可多事，你的名字如在申請探訪名單上出現，警方會查你九代。」

田蜜不出聲。

「況且，一點幫助也無，她本來自街上，回到街上去，她知道是什麼一回事，她會生存，你把她扔到鱷魚窟，她也會活下來。」

就這樣，王謹言這個角色由台前退下。

啊，他們都是一個叫郝消息年輕女子的配角。

喝得太多了，真怕人家誤會她失意。

週末，往娘家胡混。

看到老媽打毛衣。

「為何不搓麻將。」

「我本來不是賭徒，為遷就友人才坐下胡搓，輸多贏少，此刻她們走的走，病的病，又有一些移民四方，牌局散開。」

忽然聽到生離死別，田蜜忍不住大叫：「不准説這些！」

老媽說：「怎麼了，明知一定會得發生之事，你竟比老人家還看不開。」

「講別的，講別的。」

「好，我最近聽說你與一個明顯年紀比你大頗多的男子吃飯喝茶。」

誰，誰做是非人？

「田蜜，年紀大一些無妨，但頭髮已全白，據說又用手杖……我們就不贊成。」

誰，這是誰多嘴。

田蜜愕然，忽然醒悟，「啊，多嘴好事者指的是小郭伯。」

「小郭伯？為什麼既是小郭，又是阿伯？是否人老心不老，更加要小心，田蜜，輩份要分清楚。」

「不不不，全是誤會，他是長輩。」

「開頭，他們都以長輩身份出現，叫人不警惕。」

「我又不是無知小女孩。」

「田蜜。」

「越說越荒謬，小郭伯不是那樣的人。」

「田蜜，你沒有眼光。」

「不會，不會，小郭伯是良師益友。」

「你父母我們也頗有生活經驗，你有事為何不對爸媽講，而去討教街外陌生人，人家會像父母那般忠誠待你？你這種態度真叫父母傷心。」

田蜜站起，「我忽然想起還有事，我走了。」

「吃了飯才走。」

「不，不餓。」

田蜜開門逃走。

老父出來責備老妻：「好不容易回來一次，你又把她趕走。」

「幾時開始真話都不可對子女講？」

「一直如此。」

田蜜走到街上，越想越氣，什麼人造謠，連小郭伯也不放過。

她不喜解釋：這不是等於越描越黑嗎，明白人不必解說，一定自然而然明白，不明白的人，一聽閒言閒語，立刻120%相信，四處傳播，事後知道冤枉了人，還強詞奪理：他凡事不解釋，嗄，還是他活該，他應當一般見識吵將起來，這些日子你還不知他為人？

越想越覺荒謬。

看到地上一隻汽水罐，一腳踢老遠，洩憤。

被一個警員看到，拾起，扔垃圾箱，瞪着她看。

田蜜本想分辯，一轉念，只說：「謝謝。」

警員面色轉和，走到另一角。

田蜜已經學會息事寧人。

她往大同掃墓。

——「你倆真念舊，一年四季都來。」

田蜜放好鮮花，「我倆？」

「你，還有那次與你同來送別，極美貌少女。」

啊，郝消息。

真意外，田蜜叫她，她不願一起，沒想到私自來。

田蜜放下小量捐款。

「郝小姐捐款說明每個無人探訪位置清明均獻上花束並打掃乾淨。」

「她細心。」

「是，每次自外國趕返，也不容易，今年卻尚未見她。」

「我代她來也一樣。」

「是是是。」

田蜜拉一拉衣襟離去。

郝消息的詐騙案，像所有新聞一樣，報紙翻過發黃，漸漸為人遺忘，呵昨日的報紙昨日的新聞。

只有田蜜一直留意案子發展。

事件在美加州發生，她找到當地報紙網頁，每天留意，詳細閱讀當地消息。

大小題目不知多少罪案、意外、殺人、放火、槍擊等事故，每季百餘宗，罪犯又特喜把前妻前女友置於死地，連子女也不放過，看得多不是驚嚇，而是越來越覺得悲哀。

記者們也不是不覺得欠缺好消息，於是挖空心思尋找樂趣：啊，白頭鷹數目增加、一窩八隻雛狗幸運獲救、消防員助街邊孕婦生產……

終於一日，「郝消息」三個小字躍進眼內。

田蜜抓緊報紙一角，忍不住淚如泉湧。

極小字體，在極低角落：「生化科研公司訛騙案主角之一郝消息上訴成功，且因其在獄中行為良好，協助教學，改判十二個月，計算已服刑時間，下週出獄。」

田蜜幾乎不相信不幸中大幸。

背後一定有大力士出手幫忙。

田蜜再找更詳細新聞，遍尋不獲，大概已不算是什麼要事。

她致電郭伯。

「好久沒聽到田小姐聲音。」

「有口難言。」

「當然，你不會放過郝消息新聞。」

「她獲釋。」

「還不止呢，美本屆總統任期將滿，大赦天下，郝消息是其中一名，可豁免案底，抹掉髒字，從頭開始。」

！

「替她上訴辯護的巴剎律師，已年屆九十一，是著名社區不收取利益專替受冤平民平反的傑出德高望重人物。」

田蜜一早料到背後有人。

「當然，巴剎亦是受人所託。」

「幕後主腦，雙手可托起地球吧。」

「那倒不至於，但顯然非等閒人物。」

「郝消息幸虧一路遇貴人。」

也吃了不少苦。

「一共在獄中度過十二個月，協助三十餘名同袍考獲中學文憑，他們說她料事如神，可猜到每一科題目。」

田蜜忍不住笑出聲。

「你可以好好睡一覺啦。」

「郭伯，我想去——」

「用不着你。」

「郭伯——」

「這早晚她早已忘記你與我。」

「不，她不會。」

「差些忘記她有過人記憶。」

田蜜吁出一口氣。

「你怎樣，仍然沒有約會？」

田蜜不出聲。

「王謹言的兒子過兩個月便出世。」

「恭喜他。」

「想不想知道郝消息這次的貴人是誰。」

「有消息告訴我。」

「為何避不見面，我懷念鶯聲嚦嚦，陪我吃飯。」

田蜜不由得笑。

有日，她老了，也要學郭伯，無拘無束，自在說話，百無禁忌。

雷震子忽然在廚房滑一跤，足踝碎裂，左額撞到地，半邊臉腫起，眉骨也受損，眼睛腫如銅鈴。

送到醫院急救。

「我的棺材本泡湯。」

「胡說，東家會代支醫藥費。」

「這是警兆，老了，做不動，不應強撐。」

醫生說：「七八十歲，也該退休。」

什麼，雷震子已近八十？

她當初上工之際，只說五十餘歲，那今日最多六十多，她瞞年歲！

田蜜惻然，世界艱難，她怕東家嫌她年長，不願用，故瞞卻幾歲。

這樣摔一跤，又老十年。

她堅持辭工。

這一日終究會來臨。

「感激田小姐一直視我為自己人。」

她始終未婚，丫角終老。

「你要防着你那些親戚。」

「田小姐，你也是。」

「我沒有親戚。」

「你會有的，不少親戚見你騰達會自牆縫中鑽出。」

田蜜笑出聲。

真捨不得。

田蜜連開洗衣機也懶。

幸虧雷震推薦的新人報到。

防人之心不可無，田蜜把消息先前送的白金鑽錶戴手上。

她不大與新人說話，建議她工作時間朝八晚四，彼此不必見面。

人事一變，環境氣氛統統更變。

都會，不可能再次恬靜優雅。

一日，小郭伯找，「田小姐，快上網看今日的華盛頓郵報社交版。」

田蜜立刻放下手上工作鍵入。

「本報董事凱達先生與著名實業先鋒郝消息小姐結婚之喜，婚禮在紐約聖柏德教堂舉行，賓客冠蓋雲集，各界名人不勝枚舉。」

照片不大，但看真確是郝消息穿着名貴大方禮服，白色頭紗蓋至地下，一個白頭翁滿面笑容正為她掀起頭紗。

夫妻年紀相差半個世紀。

「看到沒有？」

「一清二楚。」

「好傢伙！」

誰會以為郝消息已經完結，還早着呢。

「田小姐，出來喝杯如何，陪你喝香片。」

「我要上班，午餐時分如何？」

「午飯時分人山人海。」

「也不能永不接觸人間煙火。」

各家食肆門口排長龍，郭伯老當益壯擠進與服務員交涉，一會鑽出，「後巷有位子」。

一看，田蜜駭笑，真是後巷，有工人蹲着洗碗。

伙計端摺枱摺櫈擺好，「粉、麵已賣光。」

田蜜光火，「好歹也是客，客氣點，身後有餘忘縮手，眼前無路想回頭！有一日你會知道什麼叫無客上門。」

那伙計一怔，他不笨，不過是忙得心煩意亂。

「是是，兩位吃一客招牌炒麵吧。」

郭伯揮揮手。

田蜜說：「我們去別家。」

郭伯還未開口，店東出來，連聲道歉，打躬作揖。

「您老也不先給個電話。」

「去，去，好好炒麵。」

田蜜抬頭看後巷風景，不見天日，兩幢大廈相隔不到二十呎，都被晾着的衣服擋住，乾衣收回怕會比沒洗之前更髒，有人沒到雨天也打孩子，罵聲與哭聲震天。

這時伙計又擺兩張枱子，可見人客並不介意。

老闆親自端招牌麵出來，又見一隻龍蝦頭好似還活着，碟邊擺滿美味貝類。

別的人客看見，「我們也要這個麵。」

把田蜜引笑。

兩人無言，幾次三番想開口，還是合上嘴。

說什麼好？

難道說：「竟又被她竄上」、「不可思議，這凱達富可敵國，而且掌握各類傳媒」、「奇人奇命，忽爾又登上九重天」、「她到底幾歲，有廿一歲了吧」……

炒麵的確香口美味，郭伯一直喝燙熱黃酒，只挑一些蟹黃吃。

田蜜坐不下去，這時，有女子晾出滴水內衣褲，被食客破口大罵。

為什麼還有人問幹嗎要苦苦往上爬？

他倆慢慢走到路中心。

「多謝你出來。」

「郭伯莫與我客氣。」

「你去忙把，別人的事別放心上。」

田蜜又不知說什麼才好。

隔幾個月，看到案頭一本美國時尚雜誌，誰送上給她？有一張書籤夾在某頁，打開一看，她啊一聲，彩色照片是一座玫瑰園的各種景色，翻過每頁都似聞到豐盈花香，美不勝收。

記者這樣寫：「有人應允過你一座玫瑰園嗎？這是凱達先生夫人位於南漢浦頓鄉宅的玫瑰園，由著名園藝設計師露斯與芯代精心設計。」

這次，田蜜微笑。

凱達夫人並無現身說法。

彩照最美一幅是一條小路通往宅子，路上蓋∩字欄篷架，上邊爬滿粉紅色薔薇花，這花是小種玫瑰，又稱荼蘼，外國人叫流浪玫瑰，指其去到何處是何處，那無所謂本性份外浪漫。

田蜜把圖片翻來覆去看，愛不釋手。

同事進來說：「真美，試想想，住在那園子裏，那丈夫真正深愛妻子。」

田蜜點點頭。

「你可希望男方送你一座玫瑰園。」

田蜜回答：「我若真喜歡，會自己設法蓋一所。」

「田小姐，你這樣剛強，怕會嫁不出呢。」

「那是我最低憂慮。」

一日下班，接待員通報：「田小姐，有人等你。」

「為什麼不知會我。」

「她說不用，她可以等。」

是位女客。

一走出，看到客人纖瘦背影，她穿深灰紫色套裝，半跟鞋，正對牢窗戶看風景。

「哪一位？」

客人轉身，看到田蜜，踏前一步，「咪姨。」

哎呀是郝消息。

田蜜真正身不由主，伸長雙臂，「消息，你來了，想壞我。」

兩人緊緊擁抱。

這郝消息早已比她高些許，把下巴牢靠擱她肩膀上不放。

旁人側目。

「噓，噓，進來，進到我辦公室。」

放開消息，才看清楚此時的郝消息，她已淚流滿面，像那種罰留堂的小學生，待家長來接才痛哭不止。

「消息，都過去了。」

她幫她拭淚，消息眉毛如畫，美女即美女，哭泣也不難看，田蜜把她擁懷中，忘記她的機心。

這時有人敲門進來。

田蜜抬頭，啊，就是那把玫瑰園贈妻的白頭傳媒大亨，他笑說，「對不起，你倆儘管親密敘舊，別理我。」

田蜜微笑，此人一點架子也無。

「大駕光臨，蓬篳生輝。」

凱達說：「消息不知向我提過咪姨多少次。」

「哪裏哪裏。」

「賞面一起吃頓飯吧，我想為你介紹幾個行家。」
田蜜微笑，「太客氣了，我不慣應酬。」
「果然同消息形容的一模一樣。」
這時又有人進來，「是凱達先生嗎，久聞大名，如雷貫耳。」
小郭伯不知如何聞訊趕到。
他說：「我不知多想認識凱達君。」
凱達自然是江湖中江湖客，「這一定是郭先生。」
「消息也有提到我嗎？」
「當然少不了郭先生這位奇人。」
小郭伯說：「田蜜你可有酒？」
凱達說：「我讓助手取來。」
不到片刻，助手已端着銀盤連酒帶杯子冰塊奉上。
他倆無代溝，邊喝邊談，如逢知己。
凱達與他交換通訊號碼。

小郭先生十分知趣，再坐一會便站起告辭。

田蜜送到門口。

他低聲說：「謝謝你，田蜜，給我這個機會。」

田蜜微笑。

回到會議室，只見凱達低聲安慰年輕妻子。

田蜜走近，「回去好好生活。」

消息看到田蜜戴着她送的手錶，頓覺寬心。

凱達留下名片。

他的名片與所有人的名片一樣，白紙黑字，平平無奇，相信他很少用得着。

田蜜送他們出去。

兩名保鏢跟在身後。

消息轉身，「咪姨——」

田蜜握着她手輕拍，在她耳畔輕說：「別太張揚。」

她點頭，挽着白頭翁手臂走了。

同事問：「什麼人？」

「故人。」

不到一個月，公司忽然接到幾宗大生意，使得公司由二三線地位升上一線，叫行家刮目相看。

田蜜當然不會拍案而起：我不稀罕裙帶關係！做不做得下去，還看自身。

小郭伯找她，她把那瓶與凱達沒喝完的干邑拔蘭地帶着去。

「這瓶酒——」

「人間少見佳釀可是。」

「老羅斯齊特地為凱達七十大壽所釀，只得七瓶。」

「帝力於我何有哉。」

「田小姐，此刻，你對郝消息放心了吧。」

「消息，是個永遠不叫人放心的女子。」

「奇怪，我卻從來不會對她不放心。」

「奇人對奇人。」

「凱達一點架子也無。」

「郭伯，你也從來不擺陣仗。」

小郭伯十分感動，「知我者，田小姐也。」

田蜜微笑。

她終於成為某人的紅顏知己。

不知恁地，田蜜忽然在都會社交界有了名氣，怎麼會什麼社都發帖子邀請她參加聚會，田蜜把她眼中廢紙一堆堆那樣掃進字紙簍。

還有，傳媒要求採訪全部推卻。

秘書說：「這是英文傳媒——」

「不要盲目崇拜，世上講中文的人比說英語的多。」

這時有下屬進來，開門見山，要求加薪。

田蜜查一查他的紀錄，他要求加20%，兩年前加過10%，此君工作成績不錯，願意承擔，要求不算過份，但他是勞，田蜜代表資。

「三月合約屆滿，到時會給你答覆。」

這是現實世界。

跳槽，如果跳得動，儘管跳。

迄今，田蜜與小郭伯定期約會，約每月見一次面，聊聊天。

忘年交，彼此遷就，有時也去環境上佳豪華餐館。

郭伯看到田蜜桌上的發霉藍芝士生菜碟，會得嘆息，他不是不吃西菜，如在黑獄中關他三日三夜，放出，他也會吃得津津有味，他說。

田蜜繼續陪他吃海鮮、田陌間野菜，以及不知名味道類似雞肉之物。

不過有種食物，那鮮美味道直鑽進心底，是一種小小貝類，每顆只小指甲大，泡在花雕裏，丟進酒罐內時相信還活着，隔一段日子取出啜吃，小小一顆肉被酒浸透，滋味無窮。

田蜜老懷疑吃得多會生肝炎，但忍不住口。

新家務助理不客氣掩鼻，「臭，臭。」

田蜜已久入鮑魚之肆。

一日，到大辦館看新到酒類。

伙計熱情招待。

田蜜挑一箱香檳，與郭伯在華酒架研究。

伙計賠笑走近，「田小姐，這是去年單子。」

什麼，田蜜竟欠債那麼久，臉都紅。

只聽到經理聲音：「郭先生一早付過，小丁你搞不清楚，向田小姐道歉。」

「是是是。」

田蜜上去致謝。

郭伯揶揄：「別喝太多。」

田蜜輕吟：「五花馬，千金裘，呼兒將出換美酒，與爾同銷——」

「你何來萬古愁。」

他們抬着酒箱回到停車場。

打開車尾箱放進，小郭伯輕輕把田蜜拉至身後。

他低喝：「出來。」

田蜜一怔，這是叫誰。

郭伯再喝一聲：「叫你出來。」

三輛車之後，一個黑衣人閃出半邊身。

「還鬼鬼祟祟，你跟着田小姐不止一日兩日了。」

田蜜大吃一驚，盯牢她？她一點不察覺。

「意圖什麼？」

他緩緩現身，年輕男子，中等身材，戴着帽斗。

「誰差遣你？」

「師傅，你不認得我了，真對不起。」

「我不是你師傅。」

「郭先生，對不起，我是小乙，莫家徒弟。」

郭伯說：「叫阿莫速來見我解釋。」

「先生，我不知田小姐與你有關係。」

「田小姐是我朋友。」

「對不起，我該掌嘴，我越描越黑。」

郭伯先讓田蜜上車，「你先回家。」

田蜜輕說：「這人跟的是我，我也有權知因由。」

郭伯回頭對那小乙說：「我們在辦公室等阿莫。」

田蜜開動車子離開停車場。

沒想到那莫先生與小乙已在郭氏辦公室等候。

一見他們立刻站起，「爺叔，不知者不罪。」

郭伯沒好氣，「我不是你阿叔。」

「郭先生，聽我解釋。」

「莫說廢話，是一宗什麼案子？」

「事情是這樣的，一個月黑風高的晚上——」

「說要點。」

田蜜卻笑，這個胖胖五官普通的莫先生好不有趣，竟吟起愛倫坡的詩句，不知可有一隻黑鴉飛進他書屋，叫到：Never more, never more。

她咕一聲。

「田蜜！」

阿莫尷尬地說：「這是一宗尋女案。」

田蜜一聽，臉沉下，再也笑不出，她垂首，握緊拳頭。

「尋女，田小姐是那個女？」

「我們還在追索中。」

「誰找她？田小姐父母明明白白一直在她身邊。」

阿莫說：「那位當事人不那麼想。」

郭伯看住田蜜，一見她面如金紙，便問：「你知道此事？」

田蜜緩緩站起，找一杯酒喝。

「你知道你並非親生？」

田蜜點點頭。

郭伯恍然大悟。

田蜜對郝消息的愛惜呵護，豈是無因。

她在消息身上，看到自己。

郭伯走近田蜜，手放在她肩上。

「你是幾時知道？」

「升大學那年，突然之間，明白自己身份，憤慨莫名，無從發洩，便與養父母作對，選一他們不認同科目讀了四年，以抗議他們瞞我身世。」

郭伯氣結，「你是這樣報答他們養育之恩，叫人齒冷。」

「是我不對，我自蛛絲馬跡種種親戚眉頭眼額私語中得到線索，曾經示意田氏夫婦可以坦白，他們總是支吾。」

「我這個旁人都看出他們鍾愛你到極點，相信我，不是每對親生父母設想如此周到。」

田蜜抬起頭，「是的。」

「你可否知足？」

「不，我不知足。」

「蠢貨！」

那邊，莫氏與小乙二人聽得發呆。

郭伯問：「當事人是什麼情況？是父是母？」

莫氏答：「都不是，生父母早已辭世，當事人是田小姐的兄長。」

田蜜一怔。

啊，拋棄了她，卻留着男丁。

「而且，那位劉先生也是孤兒院出身，非常爭氣，自幼勤學，如今是本市法務部大法官。」

田蜜十分意外。

「那對年輕夫婦，當年棄養，沒想到——」

「阿莫，正題。」

「是大法官私下尋訪當年失落幼妹，沒有照片，沒有文書，我們追查不易。」

田蜜忽然問：「我原姓什麼？」

「劉。」

「名字呢？」

「小寶。」

田蜜頷首。

「田小姐，你終於得明身世，跟着你，是為着拍攝你近照，對比之下，劉法官還不相信你們兩兄妹相貌竟如此相似，再多跟數次拍攝，」這時他取出所有照片對比，「不由他不信。」

相片中一男一女，田蜜看到自己的五官與劉官竟一模一樣，連眉毛與眼角都相似。

「劉官相當激動，他想我們代邀見面。」

「人海茫茫，你們如何找到我？」

「我們也有一些伎倆，萬幸田小姐在都會亦非寂寂無聞，我們看過你的照片。」

「但那麼多領養女……」

「業務秘密，恕不透露。」

郭伯問：「田蜜你可在各種酒會應酬場合見過劉官？」

「不記得。」

「劉官一直在尋找你，他進孤兒院時已記得你。」

「為什麼找我？」

「劉法官沒有任何親人。」

田蜜忽然微笑，「倘若我是某酒吧的媽媽呢。」

小郭伯忽然說：「那也是正當職業。」

莫氏加一句，「劉官也那麼說。」

倒是田蜜，是個小人。

「經過鑑證否。」

「自然，稍後，我們已取得田小姐樣本，證實兄妹關係無訛，只待你倆見面。」

田蜜被人查得一清二楚，竟無知無覺。

「你怎麼想，田小姐，可願見面。」

田蜜想一想，「不敢高攀。」

「田小姐，劉官已婚，生活美滿，有一子一女，他們已往英倫留學，他真確毫無目的，亦無企圖，只想着親情。」

田蜜緩緩答：「何必盼望原先沒有的東西，我不過是一普通女子，並不漂亮，亦不甚聰明，只靠安份守己收入自得其樂過日子，劉官不必操心。」

莫氏語結，「田小姐太謙遜。」

「多謝他關懷，但我不是孤女，我的父母田氏夫婦待我如掌珠，我毫無遺憾，我沒有其他追求，我深感幸運。」

這時小郭伯輕輕說：「這是真的，田氏連嫁妝都替女兒辦妥，她此刻所住小公寓，正由父母所贈。」

「啊。」

「我的工作，微不足道，只不過在繁華安定的社會為大眾提供一些娛樂，但，既然使普羅市民高興，也算有社會意義，為大眾出了一分力，我深覺滿足。」

莫氏一呆，「田小姐真正難得。」

「我不打算認親認戚，我一點也不記得幼時之事，毫無記憶，我一直只是幸運的田小姐。」

「我明白了。」

「抱歉我與劉官的想法完全不同，我謹祝他父慈子孝，五世其昌，婚姻美滿，白頭偕老。」

莫氏不停點頭。

郭伯這時喚助手：「把我車廂裏的酒搬到莫先生車上。」

「師伯，不敢當。」

「我不是你師伯，來，我送你出去。」

在停車場，莫氏大膽問一句：「田小姐是未來師娘嗎？」

郭伯忽然長長吁氣，「真可愛可是。」

莫氏點頭。

「下輩子吧，今世來不及，我已一百歲。」

「師伯迂腐。」

「大膽。」

他與弟子離去。

郭伯回轉辦公室，只見田蜜神色自若。

郭伯問：「田氏夫婦，可知道你已洞悉不是親生。」

「不知道，我裝得很自然。」

「你不似那麼聰明。」

「我跟小消息學習，我處處裝得任性放肆，同親生鍾愛女一式一樣。」

「他們真的不疑心？」

田蜜微微笑，「皮影戲，切莫拆穿那層紙。」

「就此一生？」

「就此一生，報答恩情。」

可是雙眼看牢劉官近照，無限感慨。

與消息一樣，同親生父母沒有緣份。

小郭伯過幾日給她一本冊子，「裏邊是劉官所有找得到資料，你有空看看。」

田蜜將它放進抽屜，沒打算即時翻閱。

不用說，必是完人：孤兒院出身，努力向上，不怨身世，社會各種壞條件，掙得出身，自由飛翔。

田蜜又一次覺得慶幸，長兄如此爭氣奮鬥，又顧念親情，到處尋訪幼妹。

她記得這個小哥哥否？一絲記憶也無。

她最早記憶，是一張近距離張望她的大人面孔，那是她養母田太太。

她有需求，會得伸長手臂抓她的頭髮與衣襟，聽到她溫糯的聲音：「什麼事？叫媽媽啦。」她張口：「媽媽。」

田蜜淚流滿面。

溫馨童年生活，要什麼有什麼，沒想到要什麼也有什麼，田媽極其心細，把她書包整理得井井有條，筆墨紙硯用完即填充，日日親自授課，老師同學都稱讚田蜜專注，才怪，她有一個專注的母親才真，女同學有緊急需要，都知道田蜜書包有後備衛生用品，前來借用，田母仔細到這種地步。

她回家次數漸多。

到處搜羅，找到母親喜吃的豆酥糖，又幫父親換車。

「還換車？不知還可以開多久，浪費。」

「五年後再更換新車。」

說着忽然哭出聲。

「這是為什麼？」

又到美容院買染髮劑。

「田小姐，你坐下，我們專業幫你做最時髦顏色。」

「不是我，是家母。」

「那更加要假專業之手，快請她來。」

田蜜逼着田太一起美髮。

做完之後，田太開心，「果真不同。」

為什麼從前沒想到。

年輕人呵，你們到底忙什麼功課、找工作、急升級、交朋友、瀟灑、裝扮、旅行、別苗頭、學意氣，把長輩壓在倉底。

成年後生活艱苦是事實，更不知從何説起，只覺父母不是要錢要時間就是要面子。

忘卻幼時跌倒地上，總由他們扶起。

除出劉官。

終於忍不住，翻閱資料，她到保康育幼園探訪。

中年管理人員迎出，田蜜表示願意捐款。

她帶田蜜參觀。

小學部整潔美觀，「我們沒有專職教師，全屬志工，有的還是大學講師，義務講學，學生成績斐然，有一位大法官劉官，你可聽説過，是我們這裏出身的呢，年年回來出錢出力。」

田蜜放下捐款離去。

她到廠家購買大量毛巾襪子分派，孩子們一般最欠缺的，都是這些。

她回家幫父母量尺寸做新衣。

田父問：「升職加薪？」

田母說：「不用不用。」

年老更加要打扮，提升士氣，做一個頭髮年輕三年，穿一件新衣又精神三年，加一起便是六年。

自服裝店出來，見田媽遠遠與一年長女子頷首，她想走近，終於止步，挽着女兒手臂離去。

「誰。」

「張伯母，不記得了？」

「母親好眼力，那麼遠都認得出。」

「唉，老多了，看她花白頭髮，約有數年放棄打理，滿面皺紋黑斑，那條黑色長裙，似塊抹地布，末世光景已露。」

「是家道中落？」

「根本沒上去過。」

「我們不說這些，我們去吃生蒸饅頭。」

「做了寡婦沒多久，已經落形，所以說，壞丈夫還比死丈夫好，老婦落單，慘不可言。」

田蜜駭笑，「母親為何說這種話。」

「不然這些日子，我為何百般遷就你父。」

說得田蜜什麼都吃不下。

晚上，田父整理文件，「要叫田蜜補簽加一個名字。」

「也是時候。」

「全歸田蜜？」

「你還想留給誰。」

「我有幾個侄子。」

「意思意思即可，他們都非常爭氣，自給自足。」

「明白。」

「女兒老是不願加名，推好幾次。」

「她也算乖巧。」

「唉，氣得我眼翻白，幾乎後悔多此一舉。」

田父輕輕說：「幼時真可愛，有點笨，六歲才會講話，有一句沒一句，人家都會吵架了，她還結結巴巴。」

「一到青春期，像所有孩子一樣，開始彆扭，真吃苦。」

「你猜，她有無疑心。」

「幸虧一家都是O型血。」

「多年來培養書法、提琴、圍棋、游泳、網球……真是努力學習，一無所得。」

田母笑得咧嘴，「確不是一個聰敏孩子。」

「又不重視打扮，說出你不信，迄今未曾燙髮，也無耳孔，不喜首飾，整日遊魂似，毫無打算，老莊思想——無為，急煞人，父母不知今生可會看到她成家。」

「越盼望越不敢出聲，怕引起『你說東，我說西』效應，真苦。」

「順其自然吧，早婚的幾個表姐妹都已與丈夫分開，不得不從頭來過，煩得不得了，動輒回娘家哭哭啼啼。」

「別擔心啦，兒孫自有兒孫福。」

「半點不由人呵。」

「中午吃糖醋排骨，總還由我們作主。」

「不一定，街市可能沒有好排骨。」

這樣看得開，也是田蜜性格一部份，也許，自小受田氏夫婦影響。

有些人，越年長越看得開，又有些人，越老越斤斤計較。

田蜜自管自逍遙過日子。

報上，看到劉官的消息，總多瞄幾眼。

他有時出席慈善活動，漂亮得體妻子站他身旁微笑，她是他在劍橋的同學，據說，岳家器重他，予他支持，子女長得端正，兒子讀建築，女兒選戲劇。

田蜜微笑，比她選美術還欠實際。

在最最防不勝防的情況下，田蜜看到一個人，她到藝術學院應屆畢業生示範作選角，才進禮堂，便看到一個高大男子全神貫注站在壁報及熒幕前觀看。

啊，此人不用說，也來揀蟀。

田蜜揀的是創意，不是畫工，希望不要與此人想法類同。

她似不經意問熟人：「那是誰，與我一樣早到。」

「啊，孫林是新秀愛克米公司主管，我替你介紹。」

田蜜按住：「不必。」

久聞大名，如雷貫耳，愛克米公司成立才三年，已經獲得幾個國際獎，有人眼紅，有人警惕。

田蜜在背後打量：白襯衫、卡其褲，頭髮略長，她輕輕兜到他左邊看五官。

其貌不揚。

他在看誰的作品，莫被他捷足先登。

他在看一個叫金句的美術生作品。

田蜜站在他身邊注目。

是不錯，作品調子略為哀傷，兩分半鐘短片有主題有技巧，她記下金句的聯絡號碼。

這時，那個叫孫林的年輕人已發覺田蜜。

他朝她頷首，「田小姐。」

他認得她，行頭窄，沒奈何。

她點點頭，「早，孫先生。」

「你也喜歡金句。」

田蜜索性轉頭揚聲：「金同學可在現場？我想見金同學。」

一個活潑女孩自辦公桌後跳起舉手，「我是金句，請問哪家公司找我？」

田蜜迎上，遞過名片，「明日上午九時可方便到我處面洽？」

那孫林看到田蜜如此果斷搶人才，啼笑皆非。

田蜜好久沒這麼開心。

得意洋洋回公司。

助手卻說：「這種高材生有點難以駕馭。」

「試用期三月，先隨她自由發揮。」

天才生畢業後也不過坐暗角落日夜操作，準時上班，延時下班。

過幾日，那孫林來電話。

「田蜜，東京有個本業座談會，你可打算出席？」

「我沒有帖子。」

「如有興趣，我帶你去。」

「我打算靠自身資格。」

「那該等到幾時？」

「不關你事。」

「田蜜，我不是為吵架致電。」
「我從不與任何人鬥嘴。」
此人恁地傲慢討厭。
「那麼，出來喝杯酒可以吧？」
「我不與陌生人喝酒。」
「我叫孫林，你認識我啦。」
「孫先生，我忙工作。」
田蜜放下電話，奇人，畢業後還沒遇過如此無聊的人。
她查他。
一看年齡，才廿八歲，立刻停止讀其他資料。
難怪如此輕佻，什麼年齡做什麼事。
但那孫林卻沒放棄田蜜，他對共同友人說：「真想不到行內著名的田小姐如此漂亮，氣質秀美。」
「人家靠的是實力。」

「我也靠苦幹呀。」

「她是師姐——」

「已婚？」

「迄今獨身。」

「那就可以，我決定追求。」

「緣木求魚。」

「嘿，狗眼看人低。」

「狗眼倒想看你有何伎倆。」

碰巧這時，田父有點咳嗽，只服成藥。

田母說：「已經整月，同他看醫生。」

田蜜親自陪着去大學醫院。

候診期間她看到孫林，他推着一小車兒童動漫書同看護說：「高溫消毒才給孩子們看。」

這時他也看到田蜜，不相信好運，立刻走近。

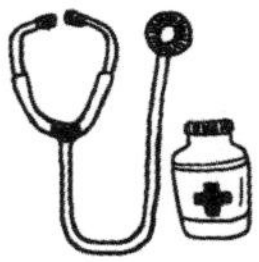

「你不舒服？」

「家父有點咳嗽。」

「看哪個醫生？呵孫佳藝醫生，這剛巧是家父呢。」

田蜜一怔，他父親是醫生，他卻從事文藝工作，想必也與家長有拗撬，同病相憐。

孫林並沒有給田蜜無需輪候特權，但也沒有離開的意思。

田父出來，看到女兒與一端正年輕人詳談，不禁喜心翻倒，咳嗽好了一半。

孫堅持送田氏回府，一路上打探到長輩若干嗜好，順着杆子做，定有好處。

稍後田蜜對郭伯說：「他年紀小許多。」

郭伯微笑。

「人倒是坦誠健談，每次回家，頗想再見。」

「那就足夠。」

「明知沒有前途。」

「我與你來往又何嘗有將來，咄，我行將就木，你難道不當我是朋友。」

田蜜把頭靠在老伯肩膀上，她已不能想像身邊沒這個知己生活如何過。

郭伯最討厭的地方是倚老賣老。

「把那孫子叫出看看。」

「沒什麼看頭，並非俊男。」

「我自有置評。」

「不關你事。」

郭伯哇哈哇哈地笑，「我就知道你會有這句。」

田母忽然心血來潮，「女兒，陪我們登高。」

唷，難題，總共得一個太平山，略遠的不是去不到，而是力有不逮，不，不是老爸老媽，而且田蜜自身。

最近，走得多不止膝頭痛，腳底弓形也痠軟。
向郭伯求教，「登高，你去何處？請指教。」
「峨嵋山。」
田蜜氣結。
她包一輛吉甫車，但父母堅持坐纜車。
田蜜怕車道陡，父母卻興高采烈。
「先喝杯咖啡。」
「沿山走一圈，看看風景，再坐下來不遲。」
不知多久未到該處，雖然早上，遊客不少，看霧港，指指點點，見田蜜空着雙手，要求協助拍照，田蜜本着助人快樂，一一照做。
田母說：「同記憶中不大一樣。」
「上次來是什麼時候？」
「有十年八年了。」
可不是，田蜜記得她上次看霧景，還是同小男朋友一起，鞋帶散了，她舉起腳，他代她綁鞋帶，是該刹那的溫柔，照亮她的回憶。

她微笑思量。

轉瞬間父母已需她照顧，欷歔。

在茶座父母碰到老友，四人一桌，談得高興。

田蜜分開坐，吃那茶座著名乾巴巴熱狗，又替長輩拍照。

他們好似沒有離開意思，田蜜一人走離座位，給租車司機買點心送去。

停車場霧氣漸散，導遊舉旗幟叫遊客跟緊。

她轉頭，看到有人在另一角不遠處看着她。

田蜜凝神，一眼便認出那高大英軒男子是熟人。

他是劉官。

真人比照片還好看，正是腹有詩書氣自華。

她也怔怔看牢他。

劉官身邊還有一女子與兩個少年。

都來了，為着看田蜜一眼，幸虧沒有撲空。

為什麼，為什麼一定要看到田蜜。

一定又是小郭伯洩露消息，知會這一家人，田蜜這時分會在山頂出現。

雙方對望，都沒有走開或走近意思。

這是她自幼失散親兄弟，田蜜心頭一熱，想走近招呼，但終於沒有。

不行，父母已年長，她要陪着他們慶餘年，她什麼地方都不去。

田蜜硬生生釘住腳步。

她像是聽到劉官低聲問：「好嗎。」

她微微點頭。

兩個少年神采飛揚，嘴型叫「姑姑」。

標致劉嫂叫「妹妹」。

田蜜做夢也猜不到會有這種場面出現，面孔似被霧打濕，一抹，原來已淚流滿面。

這時，劉官拉着孩子踏前一步。

電光石火間，有人冒失奔近，高聲嚷：「登山，怎麼不叫我！」

一看，原來是孫林。

田蜜啼笑皆非，這個冒失鬼，動輒哇哇叫，被他一搗亂，再也不能傷春悲秋。

他一把摟住田蜜腰身。

劉官看到這種魯莽情形，知道是妹妹男友，不禁笑出聲。

兩個孩子朝姑姑揮揮手，一家人緩緩轉頭離去。

孫林問：「誰，他們是誰？」

田蜜電話響起，父母找她。

她立刻趕上結賬。

孫林緊緊握住她手不放。

田父笑，「你們繼續散心，我們先走。」

孫林說：「當然先把伯父母送回。」

這時，陽光忽然自雲層射出，田蜜覺得暖意。

歸路上田父說：「這山最特別之處是一路有美景。」

山是故鄉青。

其實，凡是上或下山路，風景都好，意大利的阿瑪菲，溫哥華的威士拿，舊金山的電報山，里約熱內盧糖麵包山……

田蜜不出聲。

田母問：「女兒可是累啦。」

是的，是有點累。

她按兵不動，事事那麼被動都累，不要說是郝消息她們。

她不由自主把頭靠到孫林肩上。

「還想去哪裏？」

田蜜搖搖頭。

「剛才，山頂同你打招呼的一家人是誰？」

「不知道。」

「匆忙間，我聽見那位太太說：『真漂亮，氣質幽悠』。」

是嗎，大嫂真的那麼說？

田蜜仍然覺得她的決定正確。
過去的事已經過去，若不把過去自心胸騰空，無法容納現在與未來。
劉官想法與她不同。
但，田蜜是田蜜。
她黯然閉上雙目休息，聽父母絮絮說着與老朋友見面多麼開心。

（全書完）

書名　聽説前路風很大　作者　亦舒

出版　天地圖書有限公司
香港黃竹坑道46號
新興工業大廈11樓
電話：2528 3671　傳真：2865 2609

香港灣仔莊士敦道三十號地庫（門市部）
電話：2865 0708　傳真：2861 1541

設計及插圖　陳小娟

印刷　亨泰印刷有限公司
柴灣利眾街27號德景工業大廈十字樓
電話：2896 3687　傳真：2558 1902

發行　香港聯合書刊物流有限公司
香港新界荃灣德士古道220-248號
荃灣工業中心16樓
電話：2150 2100　傳真：2407 3062

出版日期　二O二一年十一月／初版・香港